RAHMANS HIRTENFLÖTE

S. ORAL UYAN

Aus dem Türklschen von
Veronika HARTMANN

ISBN 978-605-68412-8-6

Rahmans Hirtenflöte / Sait Oral UYAN

Erste Ausgabe: August 2017

Umschlaggestaltung:
S. Oral Uyan / Sezer Uyan

Aus dem Türklschen von
Veronika HARTMANN

Editor
Ahmet Batmaz

Satz-Publikationsdesign
Cemil Güngüren

Druch und Bindung
Berdan Druckerei
Davutpaşa strasse, Güven Indüstrie,
C Block, Nummer: 215-216
Topkapı-Istanbul/TR.
Zertifizierungsnummer 12491

SANCI PUBLIKATIONEN
Hobyar Mahallesi Cemal Nadir Sokak Ferah Han
No:16-21 Cağaloğlu-Fatih / İstanbul
sanciyayinlari@gmail.com
Zertifizierungsnummer: 35066

Danksagung

Während meines Krankenhausaufenthalts gabe es einen Freund, der mich in dieser Zeit nie allein gelassen hat. Eines Tages wollte er mir etwas erzählen. Anfangs dachte ich, dass ich eine der Flüchtlingsgeschichten zu hören bekommen würde, wie sie immer passiert sind und noch immer geschehen. Doch plötzlich fand ich mich bei „Rahman" wieder. Das Hauptthema des Buches ist diesem Gespräch zu verdanken:
Danke, Kemal Küşkü...
Durch seine Einschätzung und seine Vorschläge hat er mich ermutigt und dafür gesorgt, dass aus einer Kurzgeschichte ein Roman geworden ist:
Danke, Mehmet Çetin.
Mit der Schlagkraft eines Feldherrn wurde sein Stift zu einer Axt und Worte, Zeilen, sogar ganze Absätze wurden gestutzt und für den Druck vorbereitet. Trotz seines eigenen Arbeitspensums nahm er sich die Zeit, hat sogar Geschäftsreisen immer wieder verschoben:
Danke, Zafer Yılmaz.

Mein Dank gilt außerdem Ali Haydar Yıldız, der mir für die Übersetzung ins Deutsche einen Weg aufgezeigt hat und mir unter schwersten Bedingungen und seine eigene Gesundheit hintanstellend seine volle Unterstützung gewährt hat.

S. Oral Uyan

Uyan wurde 1965 in der Türkei als mittleres Kind einer armen arabischen Arbeiterfamilie geboren. In seinem eigenen Land wuchs er von seiner Muttersprache entfremdet auf - Sprachen außer der Staatssprache Türkisch waren in seinem Heimatland verboten.
Erste Bekanntschaft mit dem Gefängnis machte er 1980 während des Militärputsches. Mit 15 Jahren musste er nach 78 Tagen der Folter und Befragung für ein Jahr in Haft bleiben.
Das Abitur machte er mit Schwerpunkt Biologie. Danach studierte er an der Universität Ankara Archäologie. Bereits während Schule und Studium erzielte er auf Festivals und Wettbewerben Auszeichnungen im Bereich Logo-Design, Grafik, Malerei und Theater. Er nahm Unterricht in Ornamentik, Kalligraphie und Kunstdruck.
Nachdem 1992 das Radiomonopol aufgehoben worden war, gründete und leitete er den ersten revolutionären Sender in Tarsus mit dem Namen „Özgür Radio" (Freies Radio). Rund ein Jahr lang war er als Chefredakteur und Kolumnist für eine Lokalzeitung in Mersin tätig.
1996 wurde er verhaftet und zu lebenslanger Haft verurteilt.

Die Bilderserie mit dem Titel „Leben, das in einen Wassertropfen passt", die er von 1982 bis 1998 erarbeitete, wurde insgesamt 15 Mal ausgestellt. Er konnte an keiner seiner Ausstellungen in der Türkei teilnehmen. Unter dem Titel „Leben, das in einen Wassertropfen passt", wurden außerdem ein Gedichtband und ein Bildband veröffentlicht. Während seiner Haft beteiligte sich Uyan an zahlreichen Hungerstreiks. Zuletzt wurde er im Jahr 2000 in eine Hochsicherheitsvollzugsanstalt des Typs F verlegt, nachdem er bei einem konzertierten Zugriff der Staatsmacht verletzt worden war – so wie viele Weitere; Dutzende wurden dabei getötet.
Um gegen diesen unmenschlichen Angriff und diese oktroyierte Isolationshaft zu protestieren, trat er in einen Hungerstreik beziehungsweise ein Todesfasten ein. Nach 205 Tagen des Widerstands wurde er zwangsernährt und ist seither körperbehindert. Nach einem Urteil des Europäischen Gerichtshofs für Menschenrechte wurde er in die Freiheit entlassen. Seit 2009 lebt er in der Schweiz, wo er malt... und lebt!

VERONIKA HARTMANN

Veronika Hartmann, Jahrgang 1973, ging nach dem Studium der Kulturgeschichte Osteuropas im Jahr 2000 nach Istanbul, um dort für eine kleine Zeitung zu schreiben. Schon bald konnte sie ihr Betätigungsfeld ausweiten und begann für eine Vielzahl deutscher Medienunternehmen zu arbeiten; gleichzeitig entdeckte sie ihre Leidenschaft für das Dolmetschen und Übersetzen. Während in vielen deutschsprachigen Zeitungen, wie beispielsweise der Neuen Zürcher Zeitung in der Schweiz, dem Kurier in Österreich, aber auch der Welt in Deutschland ihre Artikel erschienen, blieb sie dieser Leidenschaft treu. Mit „Rahmans Hirtenflöte" hat Veronika Hartmann nach vielen journalistischen und publizistischen Texten erstmals einen Roman übersetzt. Heute lebt und arbeitet sie aufgrund der politischen Gegebenheiten in der Türkei in Deutschland. Regelmäßige Reisen führen sie noch immer in ihre ehemalige Wahlheimat Istanbul.

„…

Erst streichelte Rahman sein Instrument zärtlich und bereitete sich darauf vor, die Hirtenflöte anzufeuchten, sie zwischen seine Lippen zu nehmen und zu spielen. Als er dann den ersten Atem in seine Flöte hauchte, schien es, als würde der Wind schweigen, ebenso die Zweige und die Blätter. Die Vögel blieben bedächtig auf ihren Ästen sitzen. Eine Katze kam, angezogen durch das, was da vor sich ging, und rollte sich auf dem Schoß der alten Frau ein. Die alte Frau seufzte tief. Sie und Rahman sahen sich in die Augen. Geheimnisvolle, berührende, liebevolle und hoffnungslose Blicke ...

Die Hirtenflöte spielte derweil eine persische Totenklage…."

Für Ali Uyan, meinen Freund, Genossen...
und vor allem Vater!

„Weshalb schicken Sie den Leichnam nicht in die Türkei?"
„Er wollte entsprechend der jesidischen Rituale bestattet werden. Bisher ist es in der Türkei nicht möglich, den Bräuchen dieser Religion nachzukommen."
„Und hatte er keine Angehörigen, keine Frau und Kinder?"
„Doch. Seine drei Kinder wurden von Kampfbombern getötet, als sie in einer größeren Gruppe auf dem Rückweg einer Schmuggeltour waren. Seine Frau hat den Tod der Kinder nicht überwunden und ist daran verrückt geworden. Danach hat er alles, was mit der Türkei zu tun hatte, hinter sich gelassen." Und mit einem Fingerzeig auf den Mann neben sich, fügte er hinzu: „Er hat seinem Freund Mahmut gesagt: „Beerdige mich hier, wenn ich sterbe."
„Aber trotzdem müssen wir seinen Leichnam verschicken, wenn es seine Angehörigen dort wünschen. Deswegen sieht es so aus, als wäre es nicht ganz einfach, Ihnen diesen Wunsch zu erfüllen. Ich möchte Sie darum bitten, Verständnis dafür zu haben, dass wir unabhängig davon gezwungen sind, die Gesetze einzuhalten."

Die drei Personen, die um den riesigen, weißen, runden Tisch saßen, wirkten traurig und sprachen miteinander. Die Frau mit den Sommersprossen und den meeresblauen Augen schaute häufig zur Wanduhr, als wollte sie die Anwesenden daran erinnern, dass die Zeit um sei. Ein Mann mit Anzug und Krawatte sprang auf, als er das bemerkte, griff nach seiner Tasche, die er hinter sich auf seinem Stuhl abgestellt hatte und legte sie auf den Tisch. Er holte einige Dokumente daraus hervor und reichte sie der zuständigen Beamtin, damit diese sie studieren konnte. Er schenkte sich ein Glas Wasser aus der Karaffe ein, die auf der Tischmitte stand, denn er hatte nicht vor, seinen Kaffee zu trinken. Er räusperte sich und begann im Tonfall eines Politikers zu reden, der zu einem großen Publikum spricht: „Frau Schläger, dies sind die Dokumente, die Şeydo betreffen. Wenn Sie einen Blick darauf werfen wollen, werden Sie sehen, dass alles komplett ist."
Während Frau Schläger wortlos die Dokumente und das Anwaltszertifikat prüfte, tranken Mahmut und der Anwalt ihren Kaffee, der in den Keramiktassen vor ihnen stand. Die Stille, die den Raum beherrschte, wurde durch ohrenbetäubendes Glockenläuten von draußen durchbrochen. Als die Glocken gar nicht mehr verstummten, musste der leicht ergraute Mahmut, dessen Schnurrbart gelblich vom Nikotin war, und dessen Dreitagebart langsam zu lang wurde, unvermittelt lachen. Der Anwalt putzte seine Hornbrille, um seine Anspannung zu überspielen, beugte sich zu dem lachenden Mann und fragte:
„Warum lachen Sie?"
„Der Küster meint es heute wohl besonders gut..." Und weil er davon ausging, dass man das nicht verstehen würde, fügte er hinzu: „Wenn die Glocken so lange läuteten,

hat Şeydo Abi immer gesagt: ‚Der Küster meint es heute wohl besonders gut.' Dieser Spruch ist mir eingefallen."
Nachdem Frau Schläger die vorliegenden Unterlagen eingehend geprüft und dem Anwalt erklärt hatte, dass alles vollständig sei, beendete sie das Gespräch mit dem Hinweis, dass nur noch ein Formular ausgefüllt werden müsse, um den Vorgang abschließen zu können.
Es kostete den Anwalt und Mahmut, dessen Kummer durch den Dreitagebart noch unterstrichen wurde, noch zwei weitere Tage, bis sie alle weiteren Formalitäten bezüglich der Bestattung erledigt hatten. Danach begannen sie mit den Vorbereitungen zu einem Begräbnis entsprechend des jesidischen Glaubens und seiner Riten.
Die Aussegnung sollte im Sihlfeld-Krematorium am Albisriederplatz stattfinden. Über Freunde waren sie mit einem jesidischen Scheich in Deutschland in Verbindung getreten, den sie gebeten hatten, die Zeremonie zu leiten. Über diesen Scheich wurden auch Jesiden in Deutschland und der Schweiz benachrichtigt. So würden viele Glaubensbrüder und -schwestern, die Şeydo gekannt hatten oder auch nicht, an dem Begräbnis teilnehmen. Es erfüllte Mahmut, der mit der Aufgabe betraut war, die Bestattungszeremonie zu planen, mit Stolz, dass so viele Menschen sich dafür interessierten, teilzunehmen.
Er empfing den Scheich am Flughafen und stellte ihm auf dem Weg zur Leichenhalle unzählige Fragen über die Bestattung, von denen ihm jede einzelne beantwortet wurde.
„Wann hat der Verstorbene seinen letzten Atemzug getan?", fragte der Scheich.
„Um Mitternacht."
„War er verheiratet?"
„Ja, und er hatte drei Kinder."

„Und war seine Frau ebenfalls Jesidin?"
„Höchstwahrscheinlich", vermutete Mahmut, „sie war aus demselben Dorf."
„Dem jesidischen Glauben nach wird man von der Religion ausgeschlossen, wenn man jemanden heiratet, der einen anderen Glauben hat. Dann könnte man keine religiöse Zeremonie abhalten. Bist du Jeside?"
„Ich habe keine religiöse Überzeugung. Aber Şeydo lebte in seinem Glauben. Ich tue das alles, weil es sein letzter Wille war."
„Es scheint, dass du eine gute Tat tust, obwohl du kein Gläubiger bist."
Nach kurzem Schweigen ergriff Mahmut erneut das Wort.
„Şeydo sagte immer zu mir, ich sei sein ‚Jenseitsbruder[1]'. Könnte ich tatsächlich sein Jenseitsbruder sein?"
„Du kannst an der Zeremonie in der Leichenhalle teilnehmen, nicht aber sein Jenseitsbruder sein."
Der Scheich telefonierte mit einigen Leuten, um ihnen die Adresse der Leichenhalle mitzuteilen, wo sich der Leichnam befand. Kurz darauf fuhren vier teure Limousinen vor dem Café neben dem Krankenhaus vor. Die Neuankömmlinge trugen traditionelle jesidische Gewänder. Der Scheich bemühte sich, die notwendigen Formalitäten in der Zeit, die eine Kaffeepause dauert, zu erledigen. Als sie sich in der Leichenhalle des Krankenhauses einfanden, sagte er:
„Da während seines Sekran[2] weder sein Jenseitsbruder noch ein Scheich anwesend war, gilt sein Totengebet als noch nicht gesprochen. Deswegen werden wir das nun nachholen, damit seine Seele Frieden finden kann."

[1] Die Jesiden suchen sich noch zu Lebzeiten einen Jenseitsbruder oder eine Jenseitsschwester aus. Diese Wahlgeschwister spielen nicht nur im Jenseits eine wichtige Rolle, sondern auch beim Totenritual.
[2] So bezeichnen die Jesiden den letzten Atemzug.

Die älteste im Raum befindliche Person holte aus einer ledernen Tasche ein kleines Holzkästchen hervor, das mit einem aus Perlmutt eingelegten Melek Taus[3] verziert war, und legte es auf den Tisch. Jemand holte eine Schüssel aus Aluminium hervor, dann folgte eine mit Wasser gefüllte und mit einem Korken verschlossene Olivenölkaraffe. Alles fand auf dem Metalltisch, auf dem Şeydos Leichnam gewaschen werden sollte, seinen Platz. Nachdem der Scheich einen Teil des Wassers aus der Flasche über den Stein gegossen hatte, holte er zwei Groşk[4] aus dem Holzkästchen und warf sie ins Wasser. Dann wandte er sich an die Anwesenden und sagte:
„Da der Jenseitsbruder unseres Verstorbenen nicht anwesend ist für die letzte Reise, übernehme ich diese Aufgabe." Dann begann er damit, die Rituale für die Beerdigung durchzuführen.
Eine Person, die der Scheich als „Pir"[5] bezeichnete, half dabei, den Leichnam zu waschen und ihm Kiras[6], Derpi[7] und Gore[8] anzuziehen.
Den Groşk aus der Schüssel legte er Şeydo auf die Augenhöhlen. Mit einem Stück Stoff band er ihn fest. Als es an der Zeit war, den Leichnam in das Leichentuch zu wickeln, wurde der in den heiligen Wassern von Laleş gewaschene Stoff über den toten Körper gestülpt und dann am Kopf

---

[3] Der Melek Taus („Engel Pfau") ist dem jesidischen Glauben nach ein von Gott aus Licht geschaffener Engel. Er wird als blauer Pfau dargestellt.
[4] Heilige, weiße Tonerde, die zu Kugeln geformt ist, die etwa die Größe von Murmeln haben.
[5] Eine der religiösen Kasten der Jesiden.
[6] Das jesidische Totenhemd.
[7] Ein Totengewand, das dem Verstorbenen ebenfalls angezogen wird.
[8] Spezielle Socken für den Toten.

zugebunden. Danach wurde der Tote in einen Sarg aus Walnussholz gelegt und zum Leichenwagen gebracht.
Der Scheich nahm dem alten Mann die Flasche aus der Hand, öffnete sie und rieb etwas von dem Hahnenblut[9], das sich darin befand, auf den Sarg. Bevor er endgültig in den Leichenwagen gehievt wurde, wurde der Sarg dreimal auf dem Boden abgestellt. Man erklärte Mahmut, dass der Seele dadurch die Schwere genommen werde. Dann fuhren sie Richtung Friedhof, der Leichenwagen voraus, gefolgt von den vier Limousinen.
Am Friedhof angekommen, fand sich Mahmut inmitten einer friedlichen Stille wieder. Als er sah, dass die Züricher Jesiden sich am Grab eingefunden hatten, bereitete ihm das eine eigenartige Freude. Die Friedhofsbesucher hatten sich fein gemacht wie für eine Hochzeit, und alle trugen sie ein Lächeln auf den Lippen. Nachdem sich der Scheich eine kleine Weile umgesehen hatte, begann er mit der Begräbniszeremonie, und Mahmut lauschte seinen Worten. Da der Verstorbene seinen letzten Atemzug in der Nacht getan hatte, wollte der Scheich, dass man seinen Kopf gen Osten drehe. Als das Ende, an dem das Leichentuch zusammengebunden war, gelöst wurde, begann er mit lauter Stimme zu sprechen:
„Dies ist die Hand deines Jenseitsbruders. Auch wenn wir an unterschiedlichen Orten unterschiedliche Leben gelebt haben, uns niemals begegnet sind und uns nie kennengelernt haben, bin ich dein Bruder. In dieser Welt und im Jenseits werden wir zusammen Rechenschaft ablegen. Diese Hand ist die Hand deines Jenseitsbruders..."
Als es an der Zeit war, den Sarg zu schließen, neigte Mahmut sich zum Scheich hinab und flüsterte ihm ins Ohr:

---

[9] Das Blut soll dem Verstorbenen im Jenseits hilfreich sein.

„Verehrter Scheich, im Kofferraum befindet sich Şeydos Beinprothese. Ob wir die wohl mit in den Sarg legen könnten?", fragte er leise.
„Das geht nicht, mein Sohn!", antwortete ihm der Scheich und fuhr fort: „Man kann nur unseren Geistlichen Gegenstände mit in den Sarg legen. Und dann handelt es sich auch lediglich um ein Stück Brot, Zwiebel, Käse oder die Schuhe des Toten."
„Verehrter Scheich, es handelt sich dabei nicht um irgendeinen Gegenstand, sondern das Bein unseres Bruders Şeydo. Wir sollten ihn nicht unvollständig beerdigen", beharrte Mahmut.
Der Scheich dachte einen Moment nach, dann öffnete er den Sargdeckel. Nachdem das Bein an seinen Platz gelegt worden war, ordnete er an, die Beerdigung abzuschließen. Bevor die Trauergäste auseinandergingen, sprach der Scheich das Grabgebet[10].
Mahmut ging zum Haupttor des Friedhofs und bedankte sich bei jedem Einzelnen, der für die Zeremonie gekommen war. Dann reichte er dem Scheich einen prall gefüllten Umschlag mit Geld. Obwohl der Scheich zu widersprechen versuchte, stopfte Mahmut ihm das gefüllte Kuvert eigenhändig in die Jackentasche. Er ging ein, zwei Schritte in Richtung Ausgang, als ihn von hinten jemand rief:
„Herr Mahmut, bitte warten Sie!"
„...?"
„Ich bin Tamara, eine Freundin von Samira. Wir sind uns am Jahrestag von Rahmans Tod begegnet."
„Ja, ich erinnere mich. Wie geht es Ihnen?"
„Ich bin sehr traurig... Würden Sie einen Kaffee mit mir trinken?"

---

[10] Dieses Gebet spricht der Scheich, nachdem das Grab geschlossen wurde.

Nachdem alle Trauergäste verabschiedet waren, verließen Mahmut und Tamara zusammen den Friedhof.
Sie setzten sich in den Garten eines Caféhauses in der Zypressenstraße. Als sie, eine Zigarette nach der anderen rauchend, den zweiten Kaffee tranken, waren sie noch immer nicht auf den eigentlichen Grund ihres gemeinsamen Cafébesuchs zu sprechen gekommen. Schließlich ergriff Mahmut das Wort und fragte:
„Was war die Sache, über die Sie mit mir reden wollten?"
„Ich bin Journalistin", antwortete die Frau und fügte hinzu: „Ich weiß ein bisschen etwas über Samiras Leben. Aber ich weiß nicht viel über Rahmans Tod, das Abenteuer der Überfahrt und was das alles mit Ihnen zu tun hat. Immer wenn ich mit Samira rede, kommen wir auf Dinge zu sprechen, zu denen sie bei Ihnen oder Herrn Şeydo nachfragen möchte. Aber dann kommt nichts. Und obwohl sie es so sehr gewollt hätte, konnte sie nicht zum Begräbnis kommen..."
Die Worte der Frau brachten Mahmut dazu, sich sofort wie eine Sprungfeder anzuspannen, wütend von seinem Platz aufzuspringen und ihr Gesinnungslumperei vorzuwerfen. Die Frau packte ihn am Arm und drückte ihn wieder auf seinen Platz.
„Was immer Sie mir erzählen - Sie können sicher sein, dass ich keine Orte, Namen oder die Zeit nennen werde. Ich verspreche es Ihnen. Mein Ziel besteht lediglich darin, dass kein anderer Rahman mehr sterben muss. Bitte... Ich bitte Sie!", flehte sie und versuchte, Mahmut damit zu beruhigen. Der jedoch schwieg beharrlich. Tamara war ermattet. Wütend und hilflos startete sie einen letzten Versuch und reichte Mahmut eine Visitenkarte, die sie aus der Tasche gefischt hatte.

„Nehmen Sie wenigstens meine Karte. Sie müssen jetzt nichts sagen. Aber denken Sie bitte noch einmal darüber nach, bevor Sie eine Entscheidung fällen."
Tamaras Hand blieb in der Luft stehen. Sie schaute in seine Augen und konnte erkennen, dass er in Gedanken ganz woanders war. Sie klemmte ihre Visitenkarte unter die Kaffeetasse auf dem Tisch.
„Ich warte auf Ihren Anruf."
Nach diesem Gespräch trafen sich Mahmut und Tamara häufiger. Er fing an, sich an viele verschiedene vergessene Themen zu erinnern, und es waren mehr, als er gedacht hatte.
An einem der letzten sonnigen Herbsttage brachte er Blumen an Şeydos Grab und ging danach in das Café in der Zypressenstraße. Wie immer trank er einen Kaffee und rauchte dazu eine Zigarette. Er hatte erst zwei Schlucke getrunken, als eine Zeitung auf seinen Tisch geschleudert wurde. Beim Aufschauen traf ihn Tamaras hilfloses und wütendes Gesicht.
„Sieh her, schau genau hin! Wie viele Rahmans müssen noch sterben? Du solltest dich nicht in deiner Schale verkriechen und hier rumsitzen, sondern lieber deinem Leben einen Sinn geben und über die Dinge sprechen!", sagte Tamara.
Mahmut hörte wortlos zu. Tamara wurde immer lauter und rief:
„Verdammt noch mal! Diese Kinder sind keine sieben Jahre alt. Aber das kann dir ja egal sein, oder? Du bist ja in Sicherheit. Du denkst dir einfach: ‚Zur Hölle mit den anderen...' Dann zur Hölle mit dir!"
Tamara ließ die Zeitung auf dem Tisch liegen und ging weg. Aber Mahmut rief ihr hinterher:

„Tamara, komm her! Wenn du es aushältst, dann werde ich dir alles erzählen. Aber du darfst mich nicht unterbrechen. Lauf nicht sofort weg. Du darfst nicht weinen, du darfst gar nichts tun. Nur zuhören. Ok?"
„..."
„In Ordnung?"
Seine Stimme widerhallte von den Bäumen, den vorüberfahrenden Fahrzeugen und den auffliegenden Vögeln und verstummte. Zögernd setzte sich Tamara an den Tisch. Mahmut holte seine Tabakdose hervor und drehte zwei Zigaretten. Eine reichte er Tamara und er gab ihr Feuer. Nachdem er seine eigene Zigarette ebenfalls angezündet hatte, holte er tief Atem und schaute ins Leere.
Es schien, als würde seine Stimme aus den Tiefen seines Körpers kommen. Er spürte, dass ihm seine eigene Stimme fremd geworden war.

TARLABAŞI / ISTANBUL

Tarlabaşı... Hier führen alle Straßen zu einem einzigen Ort. Heruntergekommene, zerfallende mehrstöckige Gecekondus[11]. Der Himmel verbirgt sich hinter der Wäsche, die an den von Haus zu Haus gespannten Wäscheleinen trocknet. Entfernt erinnert dieser Anblick an Weinlaub... die markerschütternden Rufe der fliegenden Händler... die Steinofen-Bäckereien. Mit ihrem Duft nach Sesam beherrschen sie die Straße, können sich aber immer seltener dem Zahn der Zeit widersetzen. Eine nach der anderen verschwinden sie.

Jede einzelne dieser Bäckereien wirkte, als wäre sie in dieser Stadt namens Istanbul ausgesetzt und verlassen worden. Wenn die Waagschalen der Zeit in Bewegung geraten, dann scheint es, als ob sie sich an die müden, verschwitzten, fettigen Körper heften würden, um bleiben zu können. Die Schaufenster des Simit-Bäckers[12] waren in der gesamten Länge geborsten und mit rotem Isolierband geflickt. Auch die Glühbirnen, die im Inneren leicht vor sich hin schaukelten und ein schummriges, gelbliches Licht verbreiteten, machten den Appetit auf Simit zunichte.

---

11 Wörtlich bedeutet das „über Nacht errichtet“, gemeint sind jedoch die schäbig zusammengeschusterten Hütten in den Slums von Istanbul.

12 Simit sind mit Sesam bestreute Hefeteigkringel, ein beliebter Snack zu jeder Tageszeit.

Vom Balkon des Nachbargebäudes der Bäckerei schwankte das Werbeschild für das „Yıldız[13] Motel", das so gar nicht an Sterne denken ließ, sondern vielmehr an jede Art von Parasiten, die es zu beherbergen schien.
Zu beiden Seiten der Eingangstür waren ausrangierte Speiseölkanister zu Blumenkästen umfunktioniert und mit Bartnelken bepflanzt worden.
Wer das Innere betrat, wurde von staubigen Teppichen empfangen, die ihre Farben schon lange eingebüßt hatten. Die Oberfläche der Empfangstheke, deren Farbe abgeblättert war, erinnerte an eine Schreibkladde, die im Menschen einen ungeahnten Drang zu lesen freisetzt. Hinter der Rezeption stand ein Typ mit Dreitagebart und nach unten geneigtem Schnauzer. Der Mann mittleren Alters mit dem verlorenen Blick nahm von dem fetten Kerl auf der anderen Seite des Tresens einige Dokumente entgegen und reichte ihm im Gegenzug eine ansehnliche Anzahl Dollarnoten. Genau in dem Moment erschien eine laut zeternde, leicht bekleidete Frau in der Lobby.
„Verdammt, Du Tier... Wo's denn endlich meine verdammte Suppe, Scheißkerl? Scheiße!"
Das wütende Geschrei der Frau reichte aus, um die Tiefe aus dem Blick des Rezeptionisten verschwinden zu lassen und der Angst zu weichen.
Mit kaum hörbarer, erstickter Stimme sagte er: „Ich habe sie in der Garküche bestellt", und fügte hinzu: „Hör zu, die kommt jetzt bestimmt jeden Moment..." Für eine Sekunde schaute er sich um, als würde er seine eigene Stimme suchen.

---

[13] „Yıldız" bedeutet „Stern".

Der andere Mann, der fett wie ein Ölfass war, ließ die Geldrolle mit einem Ausdruck, der deutlich machte, dass er sich durch das Umfeld gestört fühlte, eilig in der Innentasche seiner Jacke verschwinden. Bevor er ging, sagte der Fettsack, dass er am Abend wiederkommen werde und dann den Chef erwarte. Während er das Motel verließ, schaukelte sich der Streit um die Suppe im Haus weiter hoch.

Nachdem der nach draußen getreten war, sah er sich um, zog die Sonnenbrille aus seiner Brusttasche und setzte sie auf. Genau in diesem Moment spürte er, dass ihn etwas streifte. Aber der Fettsack drehte sich nicht einmal um, um nachzusehen, was es gewesen sein könnte.

Das Kind, das, ein Tablett voller Simit auf seinem Kopf balancierend, aus der Bäckerei gestürmt kam, dachte im ersten Moment, es wäre gegen eine Dampfwalze gelaufen. In seiner Muttersprache brachte der Fettsack einige unanständige Flüche hervor. Die Simits, die ihm vor die Füße fielen, kickte er mit seinem Fuß beiseite. Während die Sesamkringel umherwirbelten, fiel der Junge auf seinen Hintern. Das Tablett mit den Simits, das mit einem Hosenband auf seinem Kopf festgebunden war, rutschte ihm langsam den Rücken hinab.

Einer der Simits rollte die Straße entlang, einer Frau mit Kopftuch direkt bis vor die Füße. Die alte Frau nahm den Sesamkringel, küsste ihn andächtig und führte ihn dann an die Stirn. Gleichzeitig rollten einige der Simits weiter bis zum Handlanger des Obst- und Gemüsehändlers, der gerade das Grünzeug wässerte. In einer Pfütze aus Abwasser kamen sie zum Liegen. Auch diese Simits sammelte die alte Frau auf und hängte sie an den abgebrochenen Ast

eines Baums am Straßenrand. Dazu nuschelte sie irgendwelche Worte vor sich hin, wie ihr Glaube[14] es vorsieht. Einer der umherirrenden Simits rollte bis zum Bürgersteig der gegenüberliegenden Straßenseite.
Eine andere alte Frau, die ihre mit Altpapier gefüllte Sackkarre an die Wand gelehnt hatte, um eine Verschnaufpause einzulegen, zögerte keinen Moment, das Schicksal, das ihr vor die Füße gefallen war, zu verwerten. Mit einer Agilität, die im krassen Gegensatz zu ihrem Alter stand, schnappte sie sich den Simit, der bis zu ihr gerollt war, und verspeiste ihn mit großem Appetit.
Ein athletisch gebauter junger Mann, der gerade vorbeikam, fing einige der durch die Gegend purzelnden Sesamkringel auf. Er ging zu dem Kind mit den Simits, das Rotz und Wasser heulte, nahm es an den Händen und zog es auf die Füße. Dem Bäcker, der fluchend auf das Kind zukam, warf er einen scharfen Blick zu. Ein einziger Blick des jungen Mannes reichte, um den Bäcker zu stoppen.
Der athletisch gebaute junge Mann war dem Kind dabei behilflich, die über den Boden verstreuten Simits einzusammeln, während er gleichzeitig versuchte, den Jungen zu beruhigen. Das provozierte noch mehr Tränen. Als der Knabe sich weinend auf den Bürgersteig setzte, fing der Simit-Bäcker, der in der Tür seines Ladens gewartet hatte, an zu brüllen:
„Du Sohn eines Esels, bis du mir das Geld für diese Simits hier abgeliefert hast, bekommst du keine neuen. Sag deinem Vater, diesem Mistkerl, dass es hier nichts umsonst zu holen gibt. Kein Brot und keine Frikadellen. Ok? Dein Vater ist ein Schnorrer und du bist ein Verschwender...

14 Muslime betrachten es als Sünde, Brot auf der Erde liegen zu lassen.

Als würde der unheilvolle Alte nicht reichen, müssen wir uns jetzt auch noch mit seinem Eselchen herumschlagen. Meine Güte..."

Das Kind weinte weiter, während der junge Mann weiter die Sesamkringel aufsammelte. Die Gebäckstücke, die halbwegs sauber waren, schichteten sie wieder auf das Tablett. Der junge Mann sagte mit einer väterlichen Art:

„Sieh her, mein Kind, weinen bringt dir nur Tränen. Und genauso wenig, wie du diese Tränen zurückholen kannst, kannst du dem Simit-Bäcker sein Geld zahlen. Reiß dich jetzt zusammen."

Danach wartete er einen Moment ab. Aber das Kind schaute ängstlich auf den Bäcker und hoffte auf Erbarmen, dann begann es wieder zu schluchzen. Mit freundlich-ernstem Ton sagte daraufhin der junge Mann:

„Jetzt werde ich aber gleich böse!"

Er zog das Kind an seinen Händen auf die Füße. Dann rief er den Bäcker und ermahnte ihn, dass er so nicht mit dem Kind reden dürfe. Der Bäcker wollte eigentlich dagegenhalten, aber in dem Moment, in dem er Augenkontakt mit dem athletisch gebauten jungen Mann hatte, nahm er davon Abstand. Es schien, als hätte der entschlossene und strenge Blick gereicht, ihn einzuschüchtern.

Zusammen mit dem Kind entfernte sich der junge Mann. Als sie an der Kreuzung ankamen, stopfte er ihm zwanzig Lira in den Geldbeutel und ermahnte es, in Zukunft vorsichtiger zu sein. Die Zeit wurde erneut davon Zeuge, dass Geld im Beutel dabei hilft, die größte Hoffnungslosigkeit zu überwinden: Das Kind begann aus vollem Halse zu rufen: „Frischer Simiiiiiiit!"

Der junge Mann setzte seinen Weg fort. Als er zum Yıldız Motel neben der Bäckerei kam, sah er dem Bäcker, den er

eben ermahnt hatte, noch einmal tief in die Augen. Dieser wandte seinen Blick sofort ab. Der junge Mann kam nicht dagegen an, dass sich seine Überlegenheit in seinem Gesichtsausdruck widerspiegelte. Doch der Effekt dieser kleinen Freude ließ schnell nach und er betrat das Hotel. Die leicht bekleidete Frau hatte nun aufgehört zu zetern und schlürfte statt dessen schmatzend ihre Suppe. Der Mann hatte Schaufel und Besen in der Hand, um die Teile einer zersprungenen Vase aufzukehren. Als er den jungen Mann hereinkommen sah, fand er sich genötigt, seine Fassung wiederzuerlangen. Er wandte sich an die Frau und sagte flehend:
„Verpass deinem Mundwerk bitte doch 'nen Schalldämpfer... Schau doch, es ist der Kundschaft gegenüber unhöflich."
Die Frau musterte den jungen Mann, der in Richtung Rezeption ging, mit begierigen Blicken, hielt ihre dummen Sprüche dem Hotelier gegenüber aber nicht zurück.
Vor der Rezeption machte der junge Mann halt.
„Yusuf schickt mich", sagte er und fügte hinzu: „Unsere Dokumente sollen hier sein, die wollte ich abholen."
Mit fast schleimiger Höflichkeit antwortete der Hotelangestellte:
„Ach, herzlich willkommen! Seien Sie gegrüßt, Bruder. Leider ist der Dings, also der Chef, gerade nicht hier. Aber ich habe die Papiere hier bei mir. Wenn du die letzte Rate abdrückst, kannst du sie – zack – in Händen halten, die Papiere."
Der junge Mann knallte das Bündel Euroscheine auf die Theke, als wolle er damit den Mund des Hotelangestellten stopfen. Mit einem Satz sprang dieser auf die andere Seite des Tresens und zählte das Geld. Er konnte es sich

auch nicht verkneifen, nach einem Trinkgeld zu fragen. Angeekelt schaute der junge Mann ihn an und gab ihm weitere fünfzig Euro. Für einen Moment waren beide still. Die Frau, die immer noch ihre Suppe schlürfte, musterte erneut begeistert den athletisch gebauten jungen Mann mit seiner würdevollen Haltung.
Der Hotelangestellte sagte:
„Nimm die Unterlagen hier. Wenn du heute Abend gegen neun wieder hier bist, kannst du auch den Chef sprechen."
Nachdem der junge Mann die Papierrolle Seite für Seite überprüft hatte, packte er sie in seine Tasche, die er quer über die Schulter gehängt hatte. Er kündigte an , dass er am Abend wiederkommen würde und ging fort.
Als er die Ecke erreicht hatte, tauchte ein unauffälliger weißer Renault vor ihm auf, der langsam voran kroch, während aus dem Inneren ein auf volle Lautstärke gestelltes Funkgerät dröhnte. Ohne sich von den dreckigen Blicken der Zivilpolizisten ablenken zu lassen, ging der junge Mann entspannt weiter seines Weges. Ihm kam immer wieder die Vergangenheit und was er damals erlebt hatte in den Sinn.

Innere Reise

Er stellte sich vor, er sei auf dem Berg. Dieser Berg, der die beiden Länder voneinander trennt, war schneebedeckt. Und die Grenze ein Minenfeld... Er war benommen, häufig erlebte er diese gefährlichen Veränderungen, in denen sein Bewusstsein plötzlich wie benebelt wurde. Manchmal fand er sich inmitten eines Gefechts am Berg wieder, zwischen explodierenden Tretminen. Er ließ den Finger am Abzug, und auf diesen inneren Reisen verwandelte sich seine „Verlobte", wie er seine Maschinenpistole nannte, in einen Drachen, der seine Hand und seinen Arm fraß. Diese Träume, die er häufig durchlebte, erinnerten ihn an Steißgeburten, die den Mutterleib zerfetzen. Am Ende erreichte er den helllichten Tag inmitten eines feuerroten Sees aus Blut. Als er aus der Welt der Träume in den Lärm der Großstadt zurückkehrte, spürte er das Verlangen, sein Schritttempo zu verringern. Ohne es bemerkt zu haben, war er in einen Laufschritt verfallen und völlig nass geschwitzt. Er zog ein Taschentuch hervor und trocknete sich erst das Gesicht, dann seinen Nacken und seinen Hals.

In der Papa-Roncalli-Gasse in Harbiye blieb er vor einem steinernen Eckhaus mit Erker stehen. Nachdem er die Umgebung kontrolliert hatte, stand er nach zwei Stufen auf der Türschwelle. Er betätigte den bronzenen Türklopfer in Form eines Löwenkopfes zwei Mal lang, zwei Mal kurz und erneut drei Mal lang, dann wartete er ab. Ein dunkler Schatten huschte durch den Erker. Der junge Mann wartete, während er die Umgebung weiter im Auge behielt. Er bemerkte, dass er vom gegenüberliegenden Gebäude von den neugierigen Augen einer alten Frau beobachtet wurde, während sie aus einem geschwungenen Glas Tee trank und rauchte. Respektvoll grüßte der junge Mann die alte Frau. Die kleine Aufmerksamkeit schenkte der alten Frau einen kurzen Moment des Glücks. Die Traumwelt, die der junge Mann kurz zuvor durchlebt hatte, packte ihn erneut. In letzter Zeit passierte ihm das immer häufiger. Er verlor sich in den Augen der alten Frau, deren Haut an trockenen, rauen Boden erinnerte.

DIE GREISE HEILERIN!

Die alte Frau, in deren Augen er sich verlor, sprach mit ihm Arabisch. Man nannte sie die „greise Heilerin", und ohne ihrem Alter Bedeutung zu schenken, hatte sie noch immer gegen sämtliche Krankheiten, von denen die Menschen im Dorf geplagt wurden, ein Heilmittel. Şeydo hing wimmernd auf dem Rücken des jungen Mannes, sein Bein war unterhalb des Knies abgetrennt und zerfetzt. Sie warteten vor der Tür der greisen Heilerin. Als der junge Mann Şeydo von seiner Schulter gesetzt hatte, bildete das Blut, das aus dem zerfetzten Bein rann, einen kleinen See. Dem jungen Mann kam es so vor, als würde er in diesem See ertrinken. Mit einer letzten Kraftanstrengung rannte er nach draußen, dann wurde es weiß um ihn herum.

* * *

Als ihm der Atem stockte, öffnete sich die Tür des Hauses mit dem Erker. Der junge Mann war vor den Augen der Frau mit dem Gesicht, das aussah wie trockene, aufgesprungene Erde, gerettet und fand zurück ins Hier und Jetzt. Ein ungepflegter Typ mit Bart packte den jungen Mann am Arm und zog ihn ins Haus. Der junge Mann begann mit leerem Blick zu sprechen:

„Ist es Freiheit zu vergessen? Ist es Gefangenschaft, in den Erinnerungen, in der Vergangenheit zu leben?"
Mit diesen Worten rannte er zur Toilette. Nachdem er sich kaltes Wasser ins Gesicht gespritzt hatte, kam er wieder zu sich. Das Haus mit dem Erker gehörte einer armenischen Familie, die mittlerweile in den USA lebte. Der Anwalt seines Freundes Yusuf war mit dem Verkauf betraut worden. Als man ihm sagte, dass sie für eine Weile irgendwo unterkommen müssten, hatte er Yusuf das Haus überlassen. Wenngleich es von außen einen prachtvollen und soliden Eindruck machte, war das Innere ziemlich heruntergekommen.

Im unteren Stockwerk befanden sich Küche, Bad, Toilette und ein Flur, der zum hinteren Garten führte. Es war so feucht, dass beinahe Moos wuchs. Es war ein Gebäude, das man nur durch eine umfassende Renovierung wieder instand setzen konnte. Deswegen tat der Anwalt sich schwer, einen Käufer zu finden. Eine Holztreppe, die an einigen Stellen zerborsten war, führte vom Flur aus nach oben und machte ganz deutlich, wie alt das Gebäude war. Mit schnellen Schritten rannte der junge Mann die knarzende Treppe nach oben.

An einer Seite des winzigen Treppenabsatzes befand sich ein Plumpsklo, auf der anderen waren zwei Schlafzimmer. Sie wurden durch einen hölzernen Paravent voneinander abgetrennt, die Fensterscheiben waren in Indigoblau, Rot und Gelb verziert. Hinter einer Bleiverglasung versteckte sich das Wohnzimmer mit dem Erker. Dort gab es eine mit Perlmutt verzierte Anrichte aus Walnussholz, in der sich vergilbte Schwarzweißfotos sowie Milch- und Kaffeetassen, die mit arabischen Buchstaben aus Blattgold verziert waren, befanden. Gleich darüber hing ein Wandteppich, den ein Pfau zierte. Außerdem befanden sich im Wohnzimmer ein Beistelltischchen und ein Lesesessel. Alles wirkte, als würde es dem Zahn der Zeit trotzen und dennoch gleichzeitig darauf warten, auf dem Sperrmüll zu landen. Inmitten all dieser alten Sachen, genau gegenüber der Anrichte, befand sich ein nahezu neues Schlafsofa. Obwohl es relativ warm war, hatte sich Şeydo, der auf dem Sofa lag, eine Decke übergeworfen. Sein Bart war noch länger gewachsen und sein dunkles und müdes Gesicht schien noch schwärzer geworden zu sein.

„Sind die Schmerzen ein bisschen besser geworden?", fragte ihn der junge Mann.

„I wo, Mahmut... Die Schmerzen sind überall. Und wenn ich jetzt noch dauernd hier im geschlossenen Raum bin, dann spüre ich den Schmerz gleich viel stärker. Aber egal. Wie ist es bei dir gelaufen? Hast du alles erledigen können?"

Mahmut erzählte in einem Atemzug, was er alles erlebt hatte.

„Wann ist Yusuf gegangen?", fragte er danach.

„Gerade eben erst", und fügte hinzu: „Aber er kommt sofort zurück. Er lässt dir ausrichten, dass du nirgendwohin gehen sollst, sondern hier auf ihn warten."

Mit verändertem Dialekt sagte er lachend: „Du hast bestimmt Hunger, oder? Ich mache dir ein Rührei mit Tomaten und Paprikaschoten." Er hing seine Tasche und die leichte Jacke an den Kleiderhaken hinter der Tür. Dann reinigte er die Waffe, die er um die Hüfte geschnallt hatte, mit einem Tuch so zärtlich, als wäre sie seine Geliebte, und steckte sie in die Tasche. Danach ging er nach unten und fing an zu kochen. Als er die Eier aus dem Kühlschrank holte, spürte er, dass ihn ein Augenpaar von unterhalb der

Arbeitsfläche musterte. Als er seinen Blick in die Richtung wandte, entdeckte er eine kleine, weiße Maus, die auf ihren Hinterbeinchen stand und am ganzen Körper zitterte. Sie wirkte weniger wie eine Hausmaus, eher wie eine Labormaus. Sie war ziemlich niedlich. Langsam öffnete der junge Mann den Kühlschrank und holte ein Stück Käse heraus.
Ruhig kniete er vor der Arbeitsfläche nieder und versuchte vorsichtig, der Maus den Käse hinzuhalten.
Die Maus schien mit großem Appetit darauf zu warten, dass sich die Distanz zwischen ihr und dem Leckerbissen verringerte. Weil er abgelenkt war, bemerkte Mahmut die Bewegung in der Tür nicht. Mit einem plötzlichen Geräusch ging die Tür auf. Erschrocken rannte die Maus weg. Mahmut kam ins Straucheln.
In dem Moment brach in der Küche e ein schallendes Lachen aus.
„Was ist das denn? Sind wir etwa schon so satt, dass jetzt die Ratten an der Reihe sind? Weißt du überhaupt, zu welchem Preis wir diesen Käse besorgen?", sagte Yusuf, begleitet von einem neuerlichen Lachanfall, den er unterbrach, um die Einkaufstüten auf die Arbeitsfläche zu stellen. Er hörte sich kurz an, wie das Gespräch am Vormittag gelaufen war, und verlor ein paar Worte darüber, wie es ihm selber ergangen war.
Bevor Mahmut das Essen in den oberen Stock brachte, ließ er vorsichtig das Käsestückchen unter der Arbeitsplatte verschwinden.

***

Sie deckten den Beistelltisch mit Zeitungen ab und begannen zu essen. Yusuf sagte an Şeydo gewandt:
„Bruder, wir lassen dir eine Beinprothese anfertigen. Aber wir müssen Maß nehmen. Dafür müsstest entweder du

dorthin gehen oder jemand kommt deswegen hierher. Beides ist äußerst gefährlich. Ich weiß nicht, was wir tun sollen."

Nach einem kurzen Schweigen begann Mahmut zu sprechen:

„Nachdem beides zu riskant wäre, müssen wir eine dritte Lösung finden. Und die Moral von der Geschicht? Wir nehmen selber Maß. Der Sanitätsfirma sagen wir, dass unser Großvater im Dorf sei und nicht herkommen könne. Wir werden eine Form aus Gips machen. Allerdings muss erst die Schwellung am Bein zurückgehen. Deswegen darfst du dich nicht länger gehen lassen, Şeydo! Haben wir uns verstanden?"

Şeydo nickte zustimmend. Mahmut hob die Decke und sah sich bekümmert das Bein an.

Yusuf versprach, die nötigen Materialien am nächsten Tag zu bringen. Mahmut ging ins Nebenzimmer, um nach dem Essen ein wenig zu schlafen.

* * *

Er streckte sich auf dem Bett aus, um kurz zu entspannen. Aber wie sollte das gehen? Die ganze Nacht über hatte er vom Erker aus die Straße kontrolliert und seine Augen waren übermüdet. Hilflos fiel er in Schlummer.

İnnere Reise

LAUTLOSER SCHREI

Zwei Körper, die sich auf dem Rasen ausgestreckt hatten, gleich daneben ein friedlich plätschernder Bach und Kanäle, die sich an mehreren Stellen aus dem Wasserlauf speisten. Wo sie zusammenkamen, hatte sich eine kleine Insel gebildet. Ein Husky lag ausgestreckt dort. Manchmal sprang er in den Bach, ging an dem jungen Mann und seiner Geliebten vorbei, drehte sich um und sah sie an, während er schwamm. Es schien, als würden seine strahlend blauen Augen lächeln.
Es war ein Frühlingstag von unbeschreiblicher Schönheit. Der Himmel glich einem Baumwollfeld und hin und wieder zeigte die Sonne ihr lachendes Gesicht, bevor sie wieder verschwand.
Eine schwarze Wolke tauchte auf und schwoll an. Innerhalb kürzester Zeit war der Himmel ganz von schwarzen Wolken bedeckt. Als der Husky wieder ins Wasser sprang, rief der junge Mann laut: „Neiiiiiin!" Aber nicht einmal seine Liebste, die neben ihm lag, konnte seine stummen Schreie hören. Ängstlich schüttelte er die Frau. In dem

Moment, in dem sie ihm ihr Gesicht zuwandte, sprang der Mann entsetzt auf und stürzte sich in den Bach. Dann sah er zu der Frau. Eigentlich schaute er nicht hin. Denn sie hatte zwar ein Gesicht, aber keine Augen, keinen Mund und keine Nase. Der Mann, der sich in den Bach geflüchtet hatte, konnte nicht zurückblicken. Kurz bevor er den Husky erreichte, bemerkte er, dass das Wasser begann, sich rot zu färben.
Es wurde mehr und mehr, und Blut fing an zu fließen. Als der Mann den sibirischen Wolf erreichte, bemerkte er, dass es nicht der Hund, sondern Şeydo war, den er erreichte. Sein Fuß war abgerissen und aus dem Bach sprudelte das Blut. Je mehr er versuchte herauszukommen, desto tiefer versank er darin. Und je tiefer der junge Mann versank, desto mehr raubte es ihm den Atem. In einem kurzen Moment streifte das goldene Sonnenlicht seine Augen.
Als er spürte, dass er an der Schulter wild geschüttelt wurde, konnte er aus seinem Traum erwachen. Yusuf stand an seinem Bett. Schweißgebadet richtete Mahmut sich auf. Mit verängstigten Augen blickte er Yusuf an und fragte:
„Wie spät ist es?"
„Es ist noch früh, aber du hattest anscheinend einen Albtraum. Deswegen habe ich dich geweckt. Na, komm! Ich habe frischen Tee aufgesetzt. Lass uns den trinken und dann machen wir uns fertig und gehen los."
Nachdem er sich das Gesicht gewaschen hatte, ging Mahmut in die Küche und kontrollierte, ob das Stück Käse noch unter der Arbeitsfläche wäre. Dann rannte er freudig nach oben. Şeydo und Yusuf erwarteten ihn erstaunt.
„Na, da siehst du wohl! Ach, mein Schätzelchen... Die Maus hat den Käse gefressen, den ich ihr hingelegt hatte!", frohlockte er.
Lachend erwiderte Yusuf:

„Natürlich frisst sie den... Hätte sie denn erst bei dir um Erlaubnis bitten sollen?" Lange erzählte Şeydo von den Feldmäusen. Mahmut versuchte aus all dem Erzählten und Erlebten das herauszuhören, was ihn betraf. Er versank in Şeydos Augen und kam nicht umhin, sich zu fragen, wie es diesem Mann gelang, die Philosophie der Natur so kristallklar zu formulieren. Und wieder war es Yusuf, der Mahmut vor seinen Gedanken rettete:
„Lass uns unseren Tee trinken und dann losgehen. Erst muss ich jemanden auf der Sıraselviler-Straße treffen. Danach gehen wir ins Motel."
„So machen wir es."
Sie fragten Şeydo, ob sie ihm am Abend etwas mitbringen sollten, dann tranken sie ihren Tee aus und gingen los.

***

Von Harbiye aus gingen sie Richtung Taksim. Mahmut sah ständig zurück, bis Yusuf ihn gereizt ermahnte:
„Mann, Junge, mit deinen Klamotten, deinen Sportschuhen und deiner Tasche siehst du nach Istanbuler Schickeria aus. Du versuchst immer noch, deinen Rücken zu schützen und deinen Arsch in Sicherheit zu bringen. Lass das einfach – damit ziehst du nur noch mehr Aufmerksamkeit auf dich!"
Bis zur Sıraselviler-Straße putzte Yusuf Mahmut weiter herunter. Dann betraten sie die İçel-Passage, schräg gegenüber vom deutschen Krankenhaus.
„Warte hier in der Teeküche. Ich bin nach einem Tee wieder hier", sagte Yusuf.
Dem Kellner rief er zu:
„Müslüm, bring meinem Freund doch bitte einen Tee. Und kassier den auch von ihm!"

Danach verschwand er mit seinem berühmten, lauten Gelächter. Während Mahmut seinen Tee genoss, beobachtete er die Menschen, die in der Passage ein- und ausgingen, und die Leute, die dort arbeiteten.

Er wollte nicht in die Falle seiner Erinnerungen tappen, deswegen versucht er, sich abzulenken, indem er an andere Dinge dachte. Als er den zweiten Tee beinahe ausgetrunken hatte, tauchte Yusuf auf. Er hatte eine besorgte Miene. Mit bedeutungsschwangeren Blicken musterte er seinen Freund. Mahmut stellte sein leeres Teeglas auf dem Holztischchen vor sich ab, fischte Kleingeld aus der Jackentasche und legte es auf den Unterteller.

Stillschweigend gingen sie schnellen Schrittes von Taksim Richtung Tarlabaşı. Dann ergriff Yusuf das Wort und erklärte, was los war:

„Bis morgen Abend müssen wir das Haus geräumt haben. Es gibt Interessenten, die es ansehen möchten."

Schimpfend und gereizt fügte er hinzu:

„Verdammt noch mal, mir läuft die Zeit davon... Diese Kanaille will morgens das Haus sehen und bis mittags die Grundbuchformalitäten erledigt haben! Und unser Anwalt ist ein Angsthase. Statt zu widersprechen, hat er zu allem ja und Amen gesagt, was dieser reiche Lümmel vorgebracht hat."

Vor lauter Wut musste er anfangen zu lachen. Redend ging er weiter und je mehr er redete, desto ruhiger wurde er.

„Dieser meschugge Anwalt bekommt nichts auf die Reihe. Er hat mir gesagt, dass ich so lange in dem Haus bleiben könne, bis ein Kunde auftauche. Jahrelang hat er gewartet, ohne dass ein Käufer aufgetaucht wäre. Und als dann doch einer kommt, hat mein dummer Freund es nicht geschafft, ihm ein paar Stolpersteine in den Weg zu legen!"

Yusuf hatte sich schon wieder halbwegs beruhigt, als sie am Motel angekommen waren. Bevor sie eintraten, sagte Mahmut:
„Ich werde dich drinnen als meinen großen Bruder bezeichnen, damit du Bescheid weißt."
Yusuf witzelte daraufhin:
„Aber gerrrrrrn, mein kleiner Bruder. Nimm deinen großen Bruder bei der Hand, damit dich nicht die Wölfe oder die Geier fressen!"
Als sie eingetreten waren, wurden sie von einem mittelalten, bärtigen Mann empfangen, der nach Sumpf roch. Mit gespieltem Respekt sagte er:
„Willkommen, die Herren. Der Chef erwartet Sie in der Direktion."
Yusuf und Mahmut folgten ihm einen engen Korridor entlang und blieben vor der Tür stehen, an der ein riesiges Schild mit der Aufschrift „DIREKTON" prangte. Der Buchstabe „I" war vergessen worden. Der Mann stieß die Tür auf. Aus dem Inneren strömte eine eigenartige Geruchsmischung aus Alkohol, Knoblauch und Tabak.
Aus dem Zimmer drang gedämpftes, gelbes Licht. Es war vollgestellt mit alten, abgenutzten Möbelstücken. Vor einem klapprigen Schreibtisch stand ein Beistelltischchen mit abgeplatztem Lack, darauf eine riesige Vase mit Rosendekor.
Links vom Tisch fiel ein alter, verrosteter Safe, der an die Wand gelehnt war, in den Blick. Hinter dem Tisch hingen zwei alte Fotos in zwei ebenso alten Bilderrahmen. Das eine war ein Bild von Mustafa Kemal Atatürk. Auf dem Bild hatte er seinen Militärmantel über die Schulter gehängt und beobachtete mit dem Fernglas seine Feinde. Das andere war ein Portrait von Mehmet dem Eroberer auf

einem weißen Pferd, umgeben von drei türkischen Halbmonden. Dargestellt war die Eroberung Konstantinopels. Rechts vom Tisch, gut begleitet von einer Ausgabe des Korans, hing ein „Ameisengebet", ein frommer Segensspruch für Geschäfte, in goldenen Lettern an der Wand. Selami saß hinter dem Tisch und hielt in der einen Hand eine Gebetskette, in der anderen eine Zigarette. Er hieß Yusuf und Mahmut willkommen, ohne sich von seinem Platz zu erheben. Er legte die Zigarette in einen überquellenden Aschenbecher und sagte:
„Na, dann wollen wir mal sehen, junge Freunde."
Man hörte an jedem einzelnen Wort, dass er aus Adana stammte. Er erinnerte durch nichts an die ehrenwerten Unterweltbosse von früher. Er hatte etwas von einem Emporkömmling und einem Möchtegern-Unterweltboss.
Während Yusuf versuchte, Ruhe zu bewahren und die Situation im Griff zu behalten, wirkte Mahmut eher so, als sei er auf der Hut. Yusuf versuchte, ihn durch Blickkontakt in Schach zu halten. Sobald sie sich auf zwei gegenüberliegenden Sesseln niedergelassen hatten, sagte der Möchtegern-Unterweltboss zu seinem Handlanger:
„Verdammt, bist du ein träger Sack. Frag doch, was die beiden trinken möchten!"
Danach nahm er einen väterlichen Ton an:
„Bring uns halt schnell zwei Gläser, den Whisky schenke ich dann selber ein... Sie trinken doch einen mit?"
Noch bevor Mahmut das Wort ergreifen konnte, antwortete Yusuf:
„Mein kleiner Bruder trinkt nicht, wenn Ältere anwesend sind. Aber ich nehme einen."
Der Möchtegern-Unterweltboss warf einen strengen Blick auf Mahmut. Gleichzeitig mit den Gläsern erschien auch

der Fettsack in der Tür. Mit einer übertriebenen Bewegung sprang Selami auf und bot ihm den Sessel neben Yusuf an. Während er den Whisky in die Gläser auf dem Tisch füllte, schnitt er auch den Grund des Besuchs an. Während er sprach, warf er seinem Handlanger, der den Raum bereits verlassen hatte, wüste Beschimpfungen hinterher und verlangte gesalzene Nüsse.

Der Möchtegern-Unterweltboss zeigte auf den Fettsack, der gerade dazugekommen war:

„Das hier ist unser Zeyko. Er stammt aus Serbien. Er ist der Chef des Unternehmens, das Sie transportieren wird." Zum Fettsack gewandt sagte er: „Zeyko, das sind die beiden, von denen ich erzählt habe, die zu den sieben, die fahren werden, dabei sind. Vertrauenswürdige Leute, ganz bestimmt!"

Er nahm sein Glas in die Hand und stand aus seinem Sessel auf mit den Worten: „Sprecht miteinander, ich gehe für kleine Jungs." Damit ließ der Möchtegern-Unterweltboss Yusuf und Mahmut mit dem Fettsack alleine. Beide nickten zustimmend. Mahmut war noch immer aufgeregt. Der Fettsack kam ihm irgendwie bekannt vor, aber es mochte ihm nicht in den Sinn kommen, woher.

In schlechtem, gebrochenem Türkisch gab Zeyko ihnen einige kurze und knappe Informationen. Seinen Angaben zufolge sollte es eine Woche später losgehen. Die Reisenden sollten an drei verschiedenen Punkten aufgenommen werden. Sobald sie die Grenze nach Bulgarien passiert hätten, würde man ihnen mitteilen, wo sie unterkommen könnten.

Von dort aus würden sie dann mit jeweils zwei Tagen Abstand abgeholt und nach Serbien gebracht werden. Dort

sollten sie von einem lasischen Kapitän mit dem Spitznamen Pandi in Empfang genommen und nach Tirana gebracht werden. Ort und Zeit der Abreise würde Kapitän Pandi bestimmen. Die letzte Rate für die Überfahrt musste an ihn oder den Kapitän bezahlt werden, bevor sie an Bord gehen würden. „Wenn Sie nicht zahlen, sind Sie selber für die Konsequenzen, die daraus entstehen, verantwortlich", so der Fettsack.
Kapitän Pandi würde Mahmut, Şeydo und die anderen „Hoffnungsreisenden" an einem Strand in Italien, nahe der Ortschaft, zu der sie fahren mochten, absetzen.
Mahmut hörte aufmerksam zu, was der Mann erzählte, und versuchte sich gleichzeitig daran zu erinnern, wo er ihn schon mal gesehen haben könnte.
Da kam ihm das Kind mit den Simit vom Vormittag in den Sinn. „Natürlich, ja", dachte er sich und hörte dem Mann misstrauisch zu. „Das ist der Mann, den ich heute Morgen gesehen habe", dachte er, und als er sich daran erinnerte, dass er das Kind, das aus Versehen in ihn hineingerannt war, wie Müll behandelt hatte, wuchs sein Misstrauen.
Zeyko notierte das Autokennzeichen und die Firma des Busunternehmens, das sie abholen würde, die Uhrzeit und den Ort auf einem Zettel und reichte ihn Yusuf. Der trank den letzten Schluck aus seinem Glas und verabschiedete sich. Als sie nach draußen traten, saßen dort Selami und sein Handlanger. Mit gespielten Respektsbezeugungen verabschiedeten sie Yusuf und Mahmut.
Den gesamten Weg über war Mahmut auf Yusuf wütend: Wenn man sich solchen Leuten ausliefere, dann sei das ein Verrat an den Prinzipien, Opportunismus und Pragmatismus.
Er redete sich in Rage.

Yusuf schwieg eine Weile, in der Hoffnung, dass Mahmut von selber aufhören würde. Als er diese Hoffnung aufgegeben hatte, brachte er ihn mit einem Tonfall, der scharf wie Messers Schneide war, zum Schweigen:
„Glaubst du, es ist einfach, sich diesen Leuten auszuliefern und zu tun, was sie sagen? Ab morgen werdet ihr obdachlos sein. Şeydo ist verletzt. Es gibt eine Mutter, eine Tochter und ein Enkelkind, von denen du noch gar nichts weißt. Und eine Frau und ein Kind, die ihren Mann und Vater verloren haben. Und jetzt sagen Sie mir bitte, junger Mann... Ist es wichtig, dass die heil und gesund ankommen, oder geht es um die Ehre, die wir im Arsch haben? Ich hätte schon gewusst, wie man mit solchen Scheißkerlen umgeht. Aber so, wie du dir das vorstellst, geht es eben nicht."
Er hatte so schnell gesprochen, dass ihm die Luft wegblieb. Das letzte Stück Weg gingen sie schweigend. Als sie die Haustür erreichten, klopften sie zweimal kurz, dreimal lang und wieder zweimal kurz, um ihr Kommen anzukündigen.
Mahmut ging direkt in die Küche und kontrollierte den Käse, den er der Maus unter dem Schrank bereitgelegt hatte. Als er danach die knarzende Treppe nach oben ging, war die Anspannung auf seinem Gesicht einem glücklicheren Ausdruck gewichen.
Yusuf saß schon länger Şeydo gegenüber im Wohnzimmer. Mit seinem liebenswertesten und gewinnendsten Lachen rief er zu Mahmut:
„Hast du den Tee aufgesetzt, mein Freund?"
„Habe ich noch nicht, aber gleich... Wenn du so rummeckerst, gieß ich ihn dir noch über den Kopf."

Die gespannte Atmosphäre, die eben noch geherrscht hatte, war verschwunden, statt dessen alberten sie herum wie die Kinder.

„Der Tee allein reicht nicht. Lasst mich ein paar Happen für euch vorbereiten."

In Windeseile bereitete Mahmut den Tee und eine Kleinigkeit zu essen vor. Außerdem vergaß er nicht, ein neues Stückchen Käse unter die Arbeitsfläche zu legen.

Während sie aßen, erzählten sie alles, was Şeydo von dem, was sie erlebt hatten, wissen musste.

Dann war Schlafenszeit. Als Mahmut den Tisch abgeräumt und das Geschirr in die Küche gebracht hatte, fand er seinen kleinen Freund vor, der mit großem Appetit den Käse fraß. Obwohl die Maus erschrak, lief sie nicht weg. Sie beäugte Mahmut aufmerksam, während sie weiterhin am Käse nagte.

Mahmut kniete langsam nieder und beobachtete sie. Kurz darauf hatte die Maus das Stück aufgefressen, putzte sich mit den Vorderpfötchen die Schnauze und verschwand eilig.

Mahmut ließ das Geschirr stehen und ging nach oben. Şeydo saß im Dunkeln und zog tief den Rauch seiner Zigaretten ein, als wären sie seine Gefährten. Yusuf hatte schon längst angefangen zu schnarchen. Mahmut schloss langsam die Tür, hinter der sein Freund schlief. Dann wandte er sich wieder Şeydo zu und fragte, ob er etwas brauche. Aber der meinte, dass er nicht schlafen könne und Mahmut das nutzen solle, um sich selber ein bisschen aufs Ohr zu legen.

Kaum hatte er den Kopf auf das Kissen gelegt, war Mahmut auch schon eingeschlafen.

Innere Reise

DAS FINSTERE GESICHT

Mit unsicheren und ängstlichen Schritten begann er dem Geräusch, das aus der Tiefe des Waldes unter dem neblig-blauen Himmel kam, entgegenzugehen. Er verfügte weder über die Kraft noch über die Waffen, um sich gegen eine Gefahr von außen zu wehren. In der Einsamkeit des Waldes ging er hoffnungslos Schritt für Schritt weiter. Es schien, als würde er dem Geräusch näherkommen. Ein General mit einem finsteren Gesicht hatte um Şeydo einen Kreis gezogen. Ein Pfau hatte ein Rad geschlagen und blickte mit seiner gesamten Pracht auf Şeydo. Die greise Heilerin lief den Kreis, der um Şeydo gezogen war, entlang. Jedes Mal, wenn sie dem Pfau gegenüberstand, löste sie einen Zopf ihres Haares. Das Blut blieb in der Grenze des vom General gezeichneten Kreises, es stieg im Inneren immer höher. Als Mahmut die Stelle erreichte, ging sein Atem schnell. So wie in allen seinen Albträumen war er kurz davor, dass ihm der Atem ganz stocken würde. Er warf das abgerissene Bein, sobald er es den Soldatenstiefeln des Generals entreißen konnte, in den Kreis. Langsam kam das Bein voran. Es fiel in den Kreis und versank in dem See aus Blut. Şeydo streckte seine Hand nach dem Bein aus und tauchte in den See aus Blut ein. Der General stimmte Siegesgeheul an und die greise Heilerin beschleunigte ihr Ritual. Immer schneller löste sie ihre Zöpfe, während Mahmut unter lautlosen Schreien beerdigt war. In dem Moment, in dem ihm der Atem stockte, sprang er aus dem Bett. Er holte sich ein Glas Wasser. Nachdem er wieder zu Atem gekommen war, ging er lautlos zum Erker im Wohnzimmer und setzte sich hinein. Er hatte die ganze Gasse im Blick.

Als Mahmut kam, streckte Şeydo sich in seinem Bett aus und deckte sich zu.

Frühmorgens begann er, das Frühstück vorzubereiten. Er half Şeydo, die Treppe nach unten zu kommen. Zusammen stiegen sie die Treppe hinab. Bevor sie in die Küche gingen, sagte er Şeydo, dass er leise sein müsse, und schaute nach seinem winzigen Freund. Zu sich selbst sagte er: „Anscheinend ist er noch nicht hier gewesen." Nachdem Şeydo auf der Toilette gewesen war, setzte er sich auf den Schemel vor dem Küchenfenster, durch das man in den Garten schauen konnte. Mahmut sagte zu ihm:

„Ich mache uns mal zwei Kaffee mit extra viel Schaum, den trinken wir dann zusammen."

Mit einem liebevollen Blick stimmte Şeydo zu. Während sie ihren Kaffee tranken, führten sie ein gemütliches Morgengespräch.

Mahmut sagte: „Şeydo, heute Abend nehmen wir Maß für deine Beinprothese."

Er zog einen Holzstuhl heran und half Şeydo, seinen Fuß auszustrecken: „Lass den Fuß nicht den ganzen Tag nach unten hängen. Sonst erschwert das unsere Arbeit."

Mit schmerzverzerrtem Gesicht nickte Şeydo. Aus seiner Innentasche zog er seine Tabakdose heraus und betrachtete die Verzierung darauf. Mit seinem Zeigefinger zeichnete er den „Pfau" nach, der darauf abgebildet und mit blauer Tusche ausgemalt war. Mahmut wandte sich wieder der Arbeitsfläche zu und bereitete hastig die Frühstücksteller vor. Şeydo drehte zwei Zigaretten aus der Tabakdose, die er bedächtig auf seinem Schoß plaziert hatte, und reichte eine davon Mahmut. Dieser streute die Krümel des frisch geschnittenen Brotes auf das Fensterbrett. Es dauerte nicht lange, bis sich erst ein Spatz, dann noch einer und noch ein weiterer auf dem Fensterbrett niederließen. Mit großem Appetit ließen sich die drei Spatzen die Brotkrümel schmecken. Während Mahmut und Şeydo die letzten Schlucke ihres Kaffees genossen, kam Yusuf polternd die Treppe herunter.

„Na so was, mir schwimmen hier wohl meine Felle davon. Wo ist mein Kaffee?", fragte er mit gespieltem Vorwurf.

„Du hast dein Recht verspielt!", antwortete Mahmut und fügte hinzu: „Aber nach dem Frühstück machen wir noch eine Kaffeepause. Und danach kümmern wir uns um unsere Aufgaben. Aber jetzt nicht!"

Das Frühstück nahmen sie hastig ein. Während sie, in eine dicke Rauchwolke gehüllt, ihren Kaffee tranken, versäumten sie es nicht, zugleich den Tag zu planen.

Als sie das Haus verließen, trafen sich ihre Blicke mit denen der alten Frau mit dem alten, ausgetrockneten Gesicht, die gegenüber wohnte. Aus Gewohnheit schickte Mahmut ihr einen Gruß. Yusuf quittierte das mit einem Lächeln. Sie suchten verschiedene Orte in Sıraselviler, Cihangir und Beyoğlu auf. Manchmal wartete Mahmut draußen, manchmal traten sie gemeinsam ein. Manche Orte verließen sie wütend und aufgebracht, manche mit einer beinahe kindlichen Freude, so dass sie sich lachend wieder ins Getümmel stürzten.

Beyoğlu... Eine Flut von Menschen strömte durch die Straßen. Wie ein lebendiges Blumenbeet in allen möglichen Farben. Sie liefen wie im Slalom, um mit niemandem zusammenzustoßen. Ein lautes Klingeln ließ sie an den Straßenrand springen. Die nostalgische Straßenbahn bahnte sich langsam auf ihren Schienen den Weg durch das Gewimmel. Eine auffällig geschminkte Frau, die ihre Wange an die hintere Scheibe der Straßenbahn gepresst hatte und deren Brüste fast nach draußen hingen, warf Mahmut einen dicken Luftkuss zu, was das Lächeln auf Yusufs Lippen ersterben ließ.

Als sie vor der Çiçek Pasajı angekommen waren, trennten sich Yusuf und Mahmut für eine halbe Stunde. Der betrachtete es als gute Gelegenheit, sich in der Buchhandlung Mephisto ein wenig umzusehen. Als er eintrat, spürte Mahmut einen Schatten, der seine Blicke auf seinen Rücken geheftet hatte. Während er die Regale durchstöberte, störte ihn die Intensität, die von diesem Blick ausging.

Er nahm das Buch „Vertrautheit ist das Königreich der Verlorenen“[15] in der Übersetzung von Murat Belge aus dem Regal und ging damit zur Kasse. Gerade als er den Buchladen verlassen wollte, drehte er sich um und ging wieder hinein.

Der Schatten, dessen Blick ihm gefolgt war, konnte sich nicht mehr umdrehen und blieb beim Schaufenster stehen. Nach einer kleinen Weile mischte er sich unter eine Gruppe Studenten, um mit ihnen zusammen den Laden zu

---

[15] „Familiarity is the Kingdom of the Lost“, Dugmore Boetie.

verlassen. Mahmut freute sich darüber, dass er die Kontrolle nicht verloren hatte, aber kurz darauf wurde ihm klar, dass er vor dem „ungebetenen Schatten" noch nicht gerettet war. Yusuf wartete lächelnd vor dem Eingang der Passage. Er sah Mahmuts Anspannung und verstand den Grund. Während dieser an ihm vorbeiging, konnte er nur tonlos murmeln:

„Wir sehen uns zu Hause."

Dann beschleunigte er seine Schritte. Im selben Moment sah er den jungen Mann, der plötzlich mit einem Satz lossprang, um die vorbeifahrende Straßenbahn zu erreichen. Yusuf bemerkte den Schatten, der Mahmut verfolgte. Plötzlich begann er laut zu rufen. Während er weiter krakeelte, hielt er den Mann am Arm fest:

„Ist hier keine Polizei? Mein Geldbeutel wurde gestohlen! Haltet den Dieb!"

Yusufs ohrenbetäubende Schreie zeitigten ihre Wirkung. Es entstand fürchterliches Gedränge. Ohne den Flüchen des Schattens Aufmerksamkeit zu schenken, hielt er ihn noch eine kleine Weile fest umschlungen und brüllte weiter. Dann schlängelte er sich durch das Getümmel hindurch davon und ging die Straße, die am Konsulat vorbeiführte, in Richtung Tünel-Platz. Mit einem verschmitzten Lächeln und dem Habitus eines siegreichen Befehlshabers lief er von Tünel aus weiter nach Karaköy. Dort beschaffte er sich in den kleinen Geschäften die notwendigen Materialien und machte sich dann auf den Nachhauseweg.

Als er dort ankam, war er noch immer in größter Alarmbereitschaft und beobachtete immer wieder die ganze Straße. Wie sonst auch klopfte er mit dem Türklopfer das Geheimsignal, bevor er langsam den Schlüssel im Schloss drehte. Als er die Türschwelle überschritten hatte, sah er, dass Mahmut mit seiner Waffe auf ihn zielte. Während er die Tür schloss, sah er der alten Frau mit dem Gesicht, das an Dürre und aufgesprungene Erde erinnerte, tief in die Augen. Die alte Frau schenkte Mahmut tiefe, vertrauensvolle Blicke.

Mahmut hatte sich in den Stuhl im Erker gesetzt und begonnen, die Straße zu überwachen. Eigentlich war er mehr damit beschäftigt, sich zurechtzulegen, wie er die kurz zuvor erlebte Szene berichten könnte. Şeydo versuchte Mahmuts Verhalten, das seine Neugierde geweckt hatte, zu interpretieren. Aber es gelang ihm nicht. Mit fragendem Blick schaute Şeydo nach links und rechts. Als Yusuf mit dem Tee auf dem Tablett kam, hatte sich Şeydos fragender Blick gerade auf Mahmut geheftet. Mit seiner Körpersprache erflehte Mahmut von Yusuf Beistand, und der begann dann auch, sobald er das Tablett abgestellt hatte, zu reden. Dann sprach auch Mahmut, ohne dabei die Kontrolle der Straße zu unterbrechen. Beide erzählten alles der Reihe nach.

Yusuf sagte:

„Şeydo, wir werden dieses Haus heute Nacht räumen. Ich wollte dir Bescheid sagen, dass wir heute Abend von einem Freund mit Auto abgeholt werden."

Mahmut fügte hinzu:

„Entschuldige bitte, dass wir dich in diesem Zustand von Wohnung zu Wohnung rumschleppen." Şeydo antwortete mit einer Stimme, die aus seinem tiefsten Inneren zu kommen schien: „Als ich Schmuggler geworden bin, hat sich alles verändert. Anfangs habe ich mich schwergetan, aber dann habe ich mich daran gewöhnt. Das riesige Himmelszelt ist meine Decke, der Boden mein Bett..."

Er nahm einen tiefen Zug von seiner Zigarette und sprach weiter: „Gerade hast du von Zuhause gesprochen... Ich habe mein Zuhause, meine Kinder, meine Frau schon vor seeehr langer Zeit zurückgelassen. Jetzt ist mein Zuhause überall da, wo ich mich niederlasse. Dabei soll ja bekanntlich das erste Haus eines Menschen das Herz seiner Familie sein. Haltet ihr mich für einen Jammerlappen? Na los, macht euch an die Arbeit!"

Im Wohnzimmer mit dem Erker machte sich große Stille breit. Fast schien es, als könnte das Haus über ihren Köpfen zusammenbrechen, wenn sie atmeten. Mahmut befand sich in einem höchst emotionalen Zustand, der extrem intensiv war, aber mit derselben Intensität jederzeit in Hilflosigkeit zu kippen drohte. Sein Blick wanderte auf Şeydos Fuß. Das Klirren, als er sein Teeglas auf das Tablett zurückstellte, reichte aus, um den Abend zu retten.

„Also los!", sagte Mahmut, „wir machen jetzt den Abdruck und packen dann. Wenn unser Freund kommt, sollten wir bereit sein."

Während sie den Gips vorbereiteten, ölten sie gleichzeitig vorsichtig Şeydos Bein ein. Dabei vermieden sie es zu sprechen. Statt dessen verständigten sie sich mittels Zeichensprache.

Beim Eingipsen des Beins betrachtete Şeydo sie mit zärtlichen Blicken und war geduldig wie ein Kätzchen. Als sie den Gipsabdruck nahmen, stand er aufrecht da, ohne zu wackeln.

Während Mahmut und Yusuf die Sachen einpackten, die sie mitnehmen wollten, drehte Şeydo drei Zigaretten und bat sie, eine kurze Pause einzulegen. Während Yusuf seine Zigarette anzündete, kontrollierte er den Gips. Als sie den

Abdruck vom Fuß entfernten, neckten sie ihn. Zwischenzeitlich versäumte Mahmut es auch nicht, in die Küche zu gehen, um nach seinem kleinen Freund zu sehen.
Nachts um elf standen die Sachen, die sie mitnehmen wollten, bereits fertig gepackt hinter der Tür, damit sie keine Aufmerksamkeit erregen würden. Pünktlich fuhr der erwartete Wagen vor. Sie gingen schnell, aber gleichzeitig auch ruhig und diszipliniert vor, damit sie von außen nicht gesehen wurden. Nachdem sie die Sachen eingeräumt hatten, holten sie auch Şeydo und setzten ihn in den Minibus. Gerade als sie losfahren wollten, sprang Mahmut auf, durchwühlte die Taschen, holte ein riesiges Stück Käse heraus und sprang auf. Als er aus dem Wagen ausstieg, rief er Yusuf zu:
„Den Schlüssel, gib mir den Hausschlüssel... Los jetzt aber, rück sofort den Schlüssel raus!"
Er öffnete die Tür und ging hinein. Das riesige Käsestück legte er unter die Arbeitsfläche. Als er wieder einsteigen wollte, verspürte er den Wunsch, die Frau mit dem Gesicht wie dürre Erde ein letztes Mal zu sehen und auf die vertraute Art und Weise zu grüßen. Ein Lichtstrahl blitzte auf und beleuchtete sie, wie sie in ihrem Sessel saß. Aus Mahmuts Auge quoll eine Träne, die schwermütig seine Wange hinab zum Kinn lief. Als er wieder in den Minibus stieg, schauten Şeydo und Yusuf ihn mit einem zynischen Lächeln an. Mahmut spürte die Bitterkeit darüber, dass er die alte Frau nie wiedersehen würde. Er setzte sich auf seinen Platz. Das vielsagende Lächeln von Şeydo und Yusuf hatte er nicht einmal wahrgenommen. Er konnte sich vor den Gedanken, die sein Innerstes beschäftigten, nicht retten.

Innere Reise

WENN DU SCHLÄFST, KANN ICH IHN NICHT RETTEN, MEIN SOHN!

Als er neben seinem Ohr ein Flüstern hörte, während er auf der Lauer lag, drehte sich Mahmut um und sah die greise Hebamme. In diesem Moment benutzten die Jäger ihre Waffen und es ertönte ein ohrenbetäubender Knall. Und erneut sagte die greise Heilerin den Satz: „Wenn du schläfst, kann ich die Gazelle nicht retten, mein Sohn."
Genau sieben Jäger schossen gleichzeitig auf dasselbe Ziel. Sie standen im Blickkontakt mit der Gazelle, die sie um Hilfe anflehte. Er fasste die greise Heilerin an den Händen und flehte sie an:
„Bitte, rette sie, greise Heilerin!"
„Ich hatte dir gesagt, dass ich sie nicht retten kann, wenn du schläfst, mein Sohn. Ich kann die Zeit nicht zurückdrehen."
Bevor die Gazelle starb, wies sie mit den Augen auf einen Schatten unter einem Baum. Atemlos rannte der junge Mann zu der Stelle. Dort erwartete ihn ein Hirsch, dessen Geweih an das Geäst eines Baumes erinnerte. Der Hirsch sprach: „Lass mich zurück, ohne Beine bin ich ein Nichts."

Die greise Heilerin verschwand. Aus Angst und ohne es zu bemerken, beschrieb er einen Kreis. Im Inneren waren er und ein Bein. Der Hirsch, die Gazelle, die Jäger, die Bäume – nach und nach verschwand alles und fügte ihm gleichzeitig Schmerz zu. Aus dem Bein sickerte Blut, der junge Mann war bewegungsunfähig. War das ein Traum oder Wirklichkeit? Egal, wie sehr er sich bemühte, es mochte ihm nicht gelingen, das herauszufinden.

* * *

Der Fahrer des Minibusses, ein glattrasierter junger Mann mit freundlichem Gesicht und Anzug, fing an, ihnen Informationen über das Haus zu liefern, in das sie gehen würden. Das tat er mit der Haltung eines gut vorbereiteten Schülers und ließ dabei nicht das kleinste Detail aus.
Das Haus war zweistöckig mit Garten und holzvertäfelt. Es war vollständig möbliert. Alle Fenster waren mit doppelten Vorhängen ausgestattet, damit kein Licht nach außen dringen konnte. Die inneren Gardinen waren schwarz. Es war ein Lebensmittelvorrat für eine Woche angelegt worden. Auch an Schmerztabletten und Antibiotika war gedacht worden. Wenn das Haus verlassen werden musste, dann hatte das bis spätestens morgens um sechs zu geschehen, und vor zehn Uhr abends sollten sie nicht zurückkehren. Das war, dem Minibusfahrer zufolge, beschlossen worden.
Als sie vor dem Haus ankamen, ließen sie die Sonnenblenden des Minibusses herab. Der junge Fahrer stieg aus und öffnete das zweiflügelige Gartentor. Dann fuhr er den Wagen bis zur Haustür. Lautlos und vorsichtig gingen sie hinein. Der junge Fahrer wollte sofort weiter. Als Yusuf

hinter ihm die Tür schließen wollte, fiel sein Blick auf die Aufschrift auf dem Minibus: „JUSTIZMINISTERIUM DER REPUBLIK TÜRKEI, TRANSPORTFAHRZEUG FÜR JUSTIZBEAMTE." Er besiegte sein Erstaunen und musste aus vollem Halse lachen. Als Şeydo und Mahmut den Grund dafür erfuhren, stimmten sie in das Gelächter mit ein.

Dann begannen sie, das Haus zu entdecken. Es war überall gepflegt. Eigentlich hätte man es mit Fug und Recht als Villa bezeichnen können. Im oberen Stockwerk befanden sich zwei Zimmer, unten gab es Bad, Toilette und Küche. Die Fußböden waren mit Parkett verlegt und die Möbel schienen neu zu sein. Aber am besten gefielen ihnen die Betten. Das eine war ein Wasserbett für zwei Personen, das andere ein Einzelbett mit Massagefunktion und Luftkissen.

Nach einer kurzen Diskussion einigten sie sich darauf, dass ausschließlich Yusuf sich um Dinge außer Haus kümmern würde. Das Luftbett bekam Şeydo, das Wasserbett teilten sich Mahmut und Yusuf. Mahmut würde die Nächte über Wache halten und erst morgens schlafen gehen.

Mahmut und Yusuf gingen wieder nach unten, um die Küche zu entdecken und Tee zuzubereiten. Dabei verfielen sie in ein Gespräch.

„Wie steht es mit deinen Albträumen?", fragte Yusuf.

„...?"

„Ich weiß das schon lange, mein Sohn! Wenn du darüber reden möchtest, dann höre ich dir gerne zu. Und was haben unsere geschwätzigen Vorfahren gesagt? – Aber sie hatten recht: Geteiltes Leid ist halbes Leid, geteilte Freude ist doppelte Freude. Ist das nicht so? Obwohl – ob der Spruch jetzt wirklich von unseren geschwätzigen Vorfahren stammt oder von den Ungläubigen, weiß ich nicht... Aber ich mag dieses Sprichwort", stellte Yusuf fest.

Nach kurzem Schweigen begann Mahmut zu reden. Er erzählte, dass er aufgrund einiger Fehler, die er in der Vergangenheit begangen hatte, im Meer des schlechten Gewissens ertrinken würde und deswegen weder im Heute noch im Morgen ankommen könne. Immer wieder wiederholte er, dass er Şeydo gegenüber ein schlechtes Gewissen habe. Dann hielt er plötzlich inne. In seinen Augen brannte ein Feuer, lodernd wie in einem Ofen. Yusuf steckte sich zwei Zigaretten in den Mund und zündete sie gleichzeitig an. Er stupste Mahmut leicht an der Schulter und reichte ihm die eine, während er sagte:

„Wenn man den Kontrast zwischen sehen und schauen verringert, dann beginnt die Vergangenheit, das Licht für deine Zukunft zu sein. Vergiss das nicht! Du darfst weder in der Vergangenheit gefangen sein, noch darfst du sie ignorieren."

Er stellte die Teegläser und den Zucker auf dem Tablett ab. Dann sagte er grinsend:

„Na, dann wollen wir doch mal sehen, unser Dorfbursche... Mach einen Tee und komm."

Nachdem sie ein Glas Tee getrunken hatten, legten sich Yusuf und Şeydo schlafen. Mahmut lauschte bis morgens um fünf der Stille der Nacht und inspizierte manchmal durch das Fenster in Küche oder Bad die Umgebung. Um Punkt fünf Uhr morgens ging er ins Zimmer, um Yusuf zu wecken. Genau in dem Moment ließ dieser deftig einen fahren. Erst fuhr Mahmut vor Schreck zusammen, dann ließ er eine gewaltige Beschimpfung auf ihn hinab prasseln:

„Mensch, was war das denn für ein Furz? Du hast hier ja alles vollgeschissen. Steh auf, steh auf! Oder du gehst als erster Mensch in die Geschichte ein, der an seinem eigenen

Furz erstickt ist. Du bist innerlich verfault, mein Bester! Dein Innerstes ist verfault!"
Während Yusuf erwachte und sich streckte sagte er:
„Gesundheit, mein Sohn, Gesundheit. Soll ich es etwa drin lassen und mich innerlich vergiften?"
Nachdem er sich schnell fertig gemacht hatte, packte er den Gipsabdruck für Şeydos Bein ein und ging fort. Als Mahmut nach oben kam, sah er, dass Şeydo bereits aufgestanden war, und rügte ihn mit freundlicher Strenge:
„Ja, warum bist du denn schon munter, herrje?"
Bis Şeydo aus der Toilette kam, hatte er auf die Schnelle ein Frühstück bereitet. Şeydo warf ihm ein schelmisches Lachen zu und sagte:
„Das Mädchen, das dich mal bekommt, kann sich wirklich glücklich schätzen!"
Während des Frühstücks redeten sie nicht viel. Ebenso schweigend räumten sie den Tisch hinterher ab und Mahmut trottete in Richtung Schlafzimmer. Er ließ sich auf das Wasserbett plumpsen. Er setzte die Segel für seine innere Reise und die beklemmenden Albträume der Vergangenheit.

Innere Reise

DIE EINSAMKEIT DES EINGESCHLOSSENEN MONDLICHTS

Die greise Heilerin mit ihrem Gesicht wie Dürre war in die traditionelle jesidische Tracht gekleidet und lief durch die im Mondlicht eingeschlossene Einsamkeit und den Nebel. In der einen Hand hielt sie einen Schellenring, in der anderen ein Räucherfass. Ein Murmeln, das aus ihren aufgesprungenen Lippen hervorquoll, durchbrach die Stille. Sie umrundete einen Haufen aufgestapelter Äste. An einem Galgenknoten schaukelte ein blutiges Bein über dem Scheiterhaufen, der darauf wartete, in Flammen aufzugehen. Şeydo lag ausgestreckt gleich daneben. Das abgerissene Bein blutete beständig und es bildete sich ein kleiner See aus Blut. Ohne das Blut zu berühren, beschrieb die greise Heilerin weiterhin ihre Kreise und versuchte, Şeydos Schmerzen zu lindern. Sie bewegte sich rhythmisch zum Klang ihres Schellenrings und flüsterte unverständliche Gebete vor sich hin. Als sie mit ihren Gebeten fertig war, nahm sie eine Fackel, die in den Boden gerammt war, und warf sie in die aufgeschichteten, trockenen Äste. Von

der Stelle, auf der die Fackel gelandet war, stieg sofort dicker Rauch auf. Dann verwandelten sich die Zweige in einen Feuerball, der versuchte, Şeydo in sich hineinzuziehen. Mahmut sprang auf, und während er Şeydo rettete, fand er sich in einem starken Strahlenbündel wieder. Wie ein Kaninchen vor der Schlange blieb er gelähmt stehen und war bewegungsunfähig. Er trat in die Blutlache und versank plötzlich bis zum Hals. Er gab es auf, Şeydo retten zu wollen, und bemühte sich, sich selbst zu retten. In dem Moment, in dem das Feuer Şeydo verschlingen wollte, war er kurz vor dem Ertrinken und begann, mit den Armen zu rudern.
Während er ruderte, stieß Mahmut das Wasserglas, das auf der Etagère stand, mit seiner Hand um. Das Glas drehte sich zwei Mal in der Luft, bis es auf dem Betonboden zerschellte. In dem Moment, in dem ihn das Geräusch von zerberstendem Glas weckte, schien es ihm, als wäre er vor dem Ertrinken gerettet worden. Mit angstvollem Blick sah er sich um. Als er durch den Türspalt sah, dass Şeydo es sich auf dem Sofa bequem gemacht hatte, beruhigte er sich. Şeydo versuchte herauszufinden, was passiert war, und setzte sich in Bewegung. Mahmut rief ihm allerdings zu:
„Keine Sorge, es ist alles in Ordnung. Ich habe nur aus Versehen ein Glas umgeworfen."
Um nicht in die Glassplitter zu treten, verließ er hüpfend das Zimmer und nuschelte zu sich selbst:
„Jeder Schmerz verblasst im Schatten des darauffolgenden. Was ist das nur für eine beschissene Welt!"
Wütend fegte er die Scherben auf. Şeydo rief er zu:
„Roll uns mal 'ne Zigarette, ich setze den Tee auf und komme."

***

Als Yusuf am Abend nach Hause kam, hatte er Fertiggerichte in seinen Plastiktüten und verschiedene Medikamente und Dokumente in seinem Rucksack.

Er erzählte, dass er große Schwierigkeiten gehabt habe, die Beinprothese zu bestellen, und dass sie sich auf den Weg machen würden, sobald sie sie erhalten hätten. Deswegen würden sie mit der letzten Fuhre Flüchtlinge aufbrechen. Seinen Ausführungen nach würden Mahmut und Şeydo mit dem letzten Bus losfahren. Er selber würde auf legalem Weg nach Italien reisen und sie dort erwarten. Er gab ihnen detaillierte Informationen, auf welchen Kommunikationswegen er zu erreichen wäre, wenn es in Bulgarien oder Albanien Komplikationen gäbe. Weil nur noch wenig Zeit blieb, kam Yusuf zum Ende, nachdem er betont hatte, dass man diesen letzten Punkt noch ausführlicher besprechen müsse.

Als Mahmut fragte, worin diese „Komplikationen" bestehen könnten, antwortete er:

„Ja, mein Freund. Die Leute, mit denen wir kooperieren, sind Teil eines Netzwerks. Warst nicht du es, der gesagt hat: ‚Je mehr du diesen Leuten vertraust, desto mehr täuschst du dich?' Es gibt ja auch noch den Satz: Vertrauen ist gut, Kontrolle ist besser, oder etwa nicht?"

„Und wissen wir jetzt schon genauer, wohin in Italien wir fahren werden?" Yusuf antwortete: „Ja, das ist jetzt entschieden. Heute habe ich mit unserem Kontakt in Italien gesprochen und der sagte, dass ihr in Reggio Calabria abgesetzt werdet. Ich und die anderen werden euch dort erwarten."

Nach kurzem Schweigen sah er auf Şeydos Bein und

sprach dann im Stakkato weiter. Es fiel ihm schwer, die richtigen Worte zu finden. Er hielt abwechselnd Şeydos Hand und streichelte dann sein Bein. Aber es gelang ihm nicht, die richtigen Worte zu finden. Dann heftete er seinen Blick starr auf Şeydos Augen und sagte, dass er eine Krücke verwenden müsse, bis er sich an die Prothese gewöhnt hätte. Şeydo geriet in Wut. Zu akzeptieren, dass er sein Bein vollständig verloren hatte, war eine Sache – aber er war davon überzeugt, dass er vollständig belastbar wäre. Erst stauchte er Yusuf zusammen, fast so, als könnte er jede Aufgabe alleine bewerkstelligen. Aber als ihm die Tatsachen bewusst wurden, konnte er seinen Kummer nicht mehr aufhalten. Şeydos Illusion währte nicht lange, sie war wie ein Strohfeuer. Und obwohl Mahmut Bescheid wusste, machte es ihn verlegen. Später tat er so, als wäre nichts gewesen. Schließlich konnte Şeydo sein reaktives Verhalten durch seine Reife überspielen, und Mahmut ließ sich nicht anmerken, dass ihn das störte.

Nach Şeydos Reaktion ergriff er das Wort und sagte:

„Es könnte uns allerdings Schwierigkeiten machen, wenn er mit Krücken geht", und an Şeydo gewandt fügte er hinzu: „Ohne Krücken ist eine Sache, aber wie willst du den Schmerzen standhalten?"

„Wer kochen möchte, braucht loderndes Feuer. Ich habe schon so manches Feuer zu spüren bekommen in diesem Leben. Das bekommst du wohl nicht in deinen Schädel?", antwortete Şeydo.

Plötzlich machte er eine Pause und verfiel in seinen Dialekt, als er weitersprach:

„Ich war mal Schmuggler. Nachts war es kalt. Was sage ich, frostig! Uns ist der Arsch abgefroren. Falls wir stehen blieben, waren wir zum Tode verurteilt; wenn wir weitergingen auch. Alle hatten Angst. Ich brüllte, dass alle weitergehen sollten. Ich spürte, wie mir die Zehen abfroren. Aber ich schwieg, damit man mich nicht für einen Schwächling hielt. Wir hatten gehört, dass die Gendarmerie im Hinterhalt lag. Wir hatten unsere Route geändert und liefen und liefen. Aber es ging nicht mehr. Mit dabei war auch ein ‚Metzger'. Ich bat um eine Verschnaufpause. Der Metzger schaute sich meine Füße an und sagte: ‚Bruder, entweder wir müssen dir die Zehen abhacken oder du kannst dein ganzes Bein vergessen.'"

„Nein", sagte ich, „schneid sie ab."

„Sie klemmten mir einen Ast zwischen die Zähne. Zwei Jungspunde hielten meine Hände. Ein anderer meine Beine. Der Metzger sagte: ‚Ya Allah, Bismillah'[16], und setzte das Messer an. Ich dachte, das wäre der größte Schmerz, den es auf Erden gibt: Bis wir unseren Weg wieder fortsetzen mussten! Ich bin aus eigener Kraft gelaufen. Mit jedem Schritt schwoll der Schmerz weiter an. Wir erreichten das Dorf. Später spürte ich den Schmerz bei jeder Kälte erneut, als wolle er mir sagen: ‚Denk an mich bei Frost.' Bis zu diesem einen Tag. Mit einem lauten Knall wurde ich von diesen Phantomschmerzen, dem zehenlosen Fuß und dem zerstückelten Bein, gerettet. Damals habe ich es ausgehalten, warum sollte ich es heute nicht ertragen?"

Tiefe Stille senkte sich über sie hinab.

---

[16] „Im Namen Gottes" lautet die Übersetzung.

Kaleiçi

Das Roma-Viertel mit seinen üppigen Farben, das Roma-Viertel mit seiner lebendigen Musik, wo die Leichtlebigkeit, die Menschenliebe und die flinken Hände ihren Höhepunkt erreichen. Jedes Haus, jede Tür, jedes Herz steht hier den Nachbarn offen. Nur der Polizei, und zwar ausschließlich dieser gegenüber, sind hier die Türen und die Herzen verschlossen.
Ein altes, windschiefes Haus, bei dem selbst die Tür verbogen war, das drohte dem Zahn der Zeit nicht länger trotzen zu können... Die Nägel des Türklopfers, der die Form einer Hand hatte und aus Gusseisen war, waren schon längst abgefallen, und er wackelte wie die Zunge eines nach Wasser hechelnden Hundes. Der offensichtlich neu angebrachte Klingelknopf stach neben der verkommenen Tür ins Auge wie eine Pferdelausfliege.
Von der Veranda dieses Hauses aus blickten zwei verunsicherte Augenpaare um sich. Das Paar tiefer, pechschwarzer und müder Augen suchte den Blick der kleinen, ebenso pechschwarzen Augen.

***

Samira hatte ihren achtzehnjährigen Sohn und ihren Ehemann verloren, weil sie Oppositionelle gegen die iranische Revolution waren. Die beiden waren ohne Gerichtsurteil exekutiert worden. Sie hat nie ihre Leichen gesehen und nie in Erfahrung bringen können, wo die beiden verscharrt worden waren. Später hat sie ihren jüngeren Sohn Rahman mitgenommen und versucht, mit der Hilfe einiger Genossen die Gräber zu finden. Als ihre Nachbarn das hörten, bekamen sie es mit der Angst zu tun und fingen an, sie auszugrenzen. Daraufhin hat die Organisation ihres toten Mannes sie nach Istanbul gebracht und sie dort einer Schwesterorganisation anvertraut. Als sie ihre Reise in die Ungewissheit antrat, konnte sie nur noch sagen: „Eines Tages werde ich in den Iran zurückkehren. Aber wisse, es wird nicht wegen des Landes sein, sondern wegen der Gräber meines Sohnes und meines Mannes, für die andere Hälfte meines Herzens." Wann immer die Tränen in ihr hoch stiegen, hielt Samira sie in ihren Augen. Samira hatte kohlrabenschwarze Augen, ein rundliches Gesicht und einen dunklen Teint. Jetzt lebte sie mit ihrem geliebten Sohn in Istanbul, in Kaleiçi.

Obwohl Rahman erst neun Jahre alt war, konnte er perfekt die Hirtenflöte spielen.

Samira saß zusammen mit ihrem Sohn auf der Veranda. Sie wollte weinen, konnte aber nicht. Sie zog ihn an ihre Brust und küsste ihn immer wieder.

Als die alte Frau, der das Haus gehörte, mit einem Tee-Tablett in der Hand auftauchte, putzte Rahman seine Flöte und lauschte gleichzeitig den feurigen Worten seiner

Mutter. Als die alte Frau das Tablett zwischen den Sitzkissen am Boden abstellte, hörte Samira auf zu sprechen. Selbst wenn sie weiter geredet hätte, so hätte die alte Frau sie doch nicht verstanden. Zum ersten Mal in ihrem Leben beherbergte sie eine Fremde in ihrem Haus. Auch wenn sie nicht dieselbe Sprache sprachen, war sie die perfekte Gastgeberin und verständigte sich mit Samira in Zeichensprache.

Während sie den Tee einschenkte, bedeutete sie Rahman in Zeichensprache, dass er danach etwas auf der Flöte spielen solle. Mit ihrem Blick hieß Samira den Wunsch der alten Frau gut.

Bei jedem Schluck, den sie von ihrem Tee trank, blickte Samira die alte Frau mit tiefer Dankbarkeit an. In Zeichensprache bedankte sich Rahman für den Tee. Die alte Frau war diese Art der Zeremonie nicht recht gewohnt. Auch wenn ihre Gäste sie nicht verstehen konnten, sprach sie zu sich selber:

„Ach, das Enkelchen seiner Oma, der Sohn seiner Mutter, soll er uns ein bisschen was spielen auf seiner Flöte."

Erst streichelte Rahman sein Instrument zärtlich und bereitete sich darauf vor, die Hirtenflöte anzufeuchten, sie zwischen seine Lippen zu nehmen und zu spielen. Als er dann den ersten Atem in seine Flöte hauchte, schien es, als würde der Wind schweigen, ebenso die Zweige und die Blätter. Die Vögel blieben bedächtig auf ihren Ästen sitzen. Eine Katze kam, angezogen durch das, was da vor sich ging, und rollte sich auf dem Schoß der alten Frau ein. Die alte Frau seufzte tief. Sie und Rahman sahen sich in die Augen. Geheimnisvolle, berührende, liebevolle und hoffnungslose Blicke...

Die Hirtenflöte spielte derweil eine persische Totenklage. Obwohl sie sich am selben Ort, auf derselben Veranda befanden und dieselbe Luft atmeten, lebten sie doch drei ganz unterschiedliche Leben im Roma-Viertel. Samira schien weit von dort entfernt zu sein, in einer anderen Welt. In ihren Gedanken wehklagte sie über das nur zur Hälfte gelebte Leben, ihre Heimat, ihren Boden und den Teil ihres Atems, den sie hatte zurücklassen müssen. Aber wenigstens ihr Sohn sollte all dieses Leid nicht erleben müssen. Die alte Frau betete ihrem eigenen Glauben entsprechend für den jungen Mann, der ihren Sohn Bayram, der vom rechten Weg abgekommen war, wieder auf den rechten Pfad und zu ihr zurückbringen sollte. Sie schaute abwechselnd Rahman und Samira an. Auch wenn sie die beiden nicht kannte und nicht mit ihnen reden konnte, freute sie sich über ihre Gesellschaft. In der Zeit zwischen den Gebeten dachte sie in ihrer Traumwelt darüber nach, wie gut der junge Mann und Samira zusammenpassen würden, auch wenn sie etwas älter war. Sie plante im Kopf eine baldige Hochzeit mit großem Tamtam. Diese Illusionen zauberten ihr ein Lächeln auf die Lippen.
Rahman war eins mit seiner Hirtenflöte, sie war wie ein Teil von ihm. Er sah die Vergangenheit und die Zukunft wie durch Milchglas. Mit dem gewaltigen Atem, der aus seinem winzigen Körper strömte, hauchte er der Flöte Leben ein.
Als es heftig an der Tür klingelte, verstummte die Weidenflöte und die Menschen auf der Veranda kehrten ins Leben zurück. Ängstlich umschlang Samira Rahman. Die alte Frau versuchte ihnen zu erklären, dass sie sich nicht fürchten sollten, während sie Richtung Tür ging. Dabei wunderte sie sich genauso, wer der unangemeldete Gast

sein könnte. Denn ihr Sohn hatte ihr eingebläut, dass er selber erst am Abend kommen würde und sie niemandem die Türe öffnen solle. Weil die Veranda hinter dem Haus im Garten gelegen war, konnte sie nicht sehen, wer vor der Tür stand. Als sie durch das Wohnzimmer ging, fiel ihr Blick auf die Uhr, die auf der schäbigen, mit einem Häkeldeckchen bedeckten Vitrine stand. Es war kurz vor vier. Es war noch viel zu früh für Selim und Bayram, um nach Hause zu kommen. Besorgt stieg sie die Treppe hinab und streckte ihre Hand nach dem Riegel der müden, alten und abgeblätterten Tür aus. Bevor sie den Riegel öffnete, presste sie ihr halb-taubes Ohr an die Tür und lauschte. Dann rief sie mit fester Stimme:

„Wer ist da?"

„Ein Hausierer, meine Dame!", ertönte die Antwort.

Sie hörte die Stimme eines Mannes, der eine Frau imitiert und wurde fast verrückt vor Angst. Was sollte sie jetzt tun? Wer war diese taktlose Ausgeburt?

„Wessen Bengel bist du?", rief sie nach draußen.

In der Hoffnung auf eine beruhigende Antwort lauschte sie, aber sie hörte nur jemanden kichern. Ein bisschen beruhigte sie das. Denn es bedeutete, dass die Jungspunde aus der Nachbarschaft einfach nur ein bisschen Spaß haben wollten. Sie stieß einen deftigen Fluch aus:

„Ihr Hurensöhne, pisst gefälligst an eine andere Tür... Wenn ich öffne, reiße ich euch eure winzigen Pimmel ab."

„Mutter, dein Bayram ist hier. Mach schon die Türe auf!", ertönte die Antwort mit lautem Gelächter.

Der alten Frau stand der kalte Angstschweiß auf der Stirn, und ohne ihr Fluchen zu unterbrechen, zog sie den Türriegel geräuschvoll auf. Sobald die Tür offen war, fiel Bayram seiner Mutter um den Hals. Er küsste und kitzelte sie.

Kurz bevor die alte Frau erstickt wäre, zog Semir Bayram weg und rettete sie.
„Dieser Sohn eines Esels war schon bei seiner Geburt so ein Mistkerl. Zack war der geboren. Eigentlich weinen Babys ja nach der Geburt, damit die Lungen sich mit Luft füllen. Aber dieser Tunichtgut hier hat immer gelacht. Das war damals schon klar, was das für ein Tunichtgut ist. Und er war noch kein Jahr alt, da hat er schon angefangen zu laufen, dieser Bastard."
Redend und lachend betraten sie die Veranda. Obwohl Samira verstanden hatte, was los war, hielt sie Rahman noch immer fest umschlungen. Nach einer kurzen Begrüßung gingen Rahman und die alte Frau ins Haus, mit der Ausrede, sie würden Essen machen.

* * *

Semir stammte aus Hatay. Weil er seine Muttersprache beherrschte und er gleichzeitig perfekt und akzentfrei Türkisch konnte, war es ihm auch leicht gefallen, Englisch zu lernen. Weil sich zu diesen Eigenschaften auch noch sein Interesse für die Kulturen des Nahen Ostens dazu gesellte, hatte er problemlos an der Marmara-Universität einen Studienplatz für Persische Sprache und Literatur ergattern können.
Er hatte sich mit einer Gruppe Studenten aus dem Iran angefreundet, und zwar so intensiv, dass er als einziger Fremder in ihren Kreis aufgenommen worden war. Gründe dafür waren einerseits die Tatsache, dass er Farsi sprach, andererseits seine demokratische Gesinnung. Innerhalb kürzester Zeit entspann sich daraus eine bleibende

Freundschaft und Semir begann in den Ferien in den Iran zu reisen. Nach einer hitzigen Diskussion, die sich eines Tages in den Sommerferien mit sozialistischen Oppositionellen über den islamisch-liberalen, gestürzten Präsidenten Banisadr entsponnen hatte, wurde ihm bewusst, dass die Ideen, für die er eintrat, nicht nur falsch, sondern auch unvollständig waren.
Ein Brief, den er mitbrachte, als er nach den Ferien zurück nach Hause fuhr, hatte gereicht, um sein ganzes Leben auf den Kopf zu stellen. Dieser Brief, den er in einer perfekten Mission abgeliefert hatte, war der Anfang seiner Kuriertätigkeit zwischen den iranischen Sozialisten und den revolutionären Sozialisten an seiner Uni, auch wenn er sich der Bedeutung nicht bewusst war. Als es in dem letzten Brief, den er mitbrachte, hieß, dass sie Hilfe brauchten, war er bedingungslos einverstanden. Bei seiner letzten Reise in den Iran wurde er in das Gebiet der Gilaker[17] am Ufer des Kaspischen Meeres gebracht und kam dort im Haus eines alten Kommunisten unter. Während er dort wohnte, lernte er auch eine Frau mittleren Alters kennen, die jeden Abend dem Kommunisten sein Essen brachte.
Egal ob im Iran oder in Istanbul: Sie hatten eine unzertrennliche Verbindung. Die Beziehung und Nähe, die er zu dieser Frau, also Samira, empfand, war mehr als Verbundenheit und Vertrauen. Deswegen hatte er die Verantwortung, Samira und ihren Sohn nach Istanbul zu bringen, gerne übernommen. Er brachte die beiden in Bayrams Haus.

---

[17] Die Gilaker sind ein Volk im Iran, das an der Küste des Kaspischen Meeres zu Hause ist und eine

***

Semir, der sich neben Rahman niedergekniet hatte, kam direkt zur Sache und erklärte der Reihe nach, dass sie morgens gegen acht mit dem Auto losfahren und in der Nähe von Tekirdag an einer Tankstelle warten würden. Er würde dann die beiden dort persönlich in den Bus setzen. Als er fertig war, überreichte er Samira einen Umschlag, den er aus seiner Jackentasche gezogen hatte.
„Samira“, sagte er mit ruhiger Stimme, „in diesem Umschlag befinden sich türkische Pässe für dich und Rahman. Dort stehen alle Informationen, die ihr auswendig lernen müsst. Bitte lernt die neuen Identitäten bis morgen früh. Bitte vergesst das nicht. Wenn es etwas gibt, das ihr nicht versteht, dann könnt ihr mich das jederzeit fragen. Verstanden?“
Dann zog er einen weiteren Umschlag hervor und drückte ihn Samira in die Hand. Wenn sie im Bus oder auf dem Schiff einen Mann sehen würde, dem ein Bein fehlte, solle sie diesen Brief dessen Begleitperson geben. Er sagte, dass sich in dem Umschlag ein Brief und etwas Geld befänden und sie gut darauf aufpassen solle.
Nach dem Abendessen saßen sie noch die halbe Nacht zum Tee beieinander. Als Samira und Rahman auf ihr Zimmer gingen, war es schon fast eins.

***

Während sie an der Tankstelle auf den Bus warteten, überkam sie ein intensiver Gefühlssturm. Aber der war bereits vorbei, bevor er angefangen hatte und sie ihn hätten benennen können. Ihre Zungen sprachen eine andere

Sprache als ihre einladenden Blicke. Ein tiefes Schweigen legte sich über sie, während sie auf den Bus warteten, der Mutter und Kind in eine ungewisse Zukunft bringen würde.
Schließlich kam der Bus. Die Reisenden nahmen ihre Plätze ein. Während Samira Semir aus dem goldfarbenen Doppeldeckerbus heraus zum Abschied winkte, schienen ihre Augen die Leere der traurigen Einsamkeit zu überbrücken.

* * *

Sie erreichten den letzten Bus, der, wie Yusuf es beschrieben hatte, von einer Tankstelle an der Schnellstraße nach Tekirdag abfuhr, gerade eben so. Şeydo ignorierte die Schmerzen beim Gehen. Nur bei den Treppen tat er sich schwer, aber auch das ließ er sich nicht anmerken.
Die bulgarische Grenze passierten sie problemlos. Als sie in Gurbanovtsi bei Pernik an der Nähe der serbischen Grenze ankamen, litt Şeydo solche Schmerzen, dass er am liebsten von seinem Platz aufgesprungen wäre.
Nach dem ziemlich komfortablen Reisebus waren sie in einen alten, klapprigen Jeep gestiegen und holpernd weitergefahren, was sich innerhalb kürzester Zeit zu einer wahren Tortur entwickelte. Dazu kam noch der steigende Luftdruck, als sie vom Meeresspiegel in die Berge hinauffuhren, was die Fahrt noch unerträglicher gestaltete.
In gebrochenem Türkisch erklärte der junge Bulgare, der den Jeep steuerte, dass sie in einem Dorf in den Bergen bleiben würden und die Hausherren Turkmenen seien. Aber er warnte seine Fahrgäste davor, ihnen irgendwelche Informationen über ihre Reise anzuvertrauen. Er fügte

noch hinzu, dass sie äußerst vorsichtig sein sollten, wenn sie nicht in enorme Schwierigkeiten geraten wollten, aber da hatten sie das Haus bereits schon erreicht. Die Häuser waren in Dreier- und Fünfergrüppchen im Wald verteilt. Der junge Bulgare schob das zerbrochene Gartentürchen zur Seite, indem er es an der oberen Hälfte festhielt. Noch immer sah man in der Umgebung die Spuren des Regens. Sie versuchten, ihre Schuhe vor dem Schlamm zu schützen, indem sie nur auf die am Boden verteilten Steine traten. Sie gingen zum Haus. Die Tür wurde von einem Mann in Tracht mit Schnauzer und dichtem Haar geöffnet. Der Mann, den man nicht mehr lange als mittelalt bezeichnen können würde, unterhielt sich kurz mit dem jungen Bulgaren. Der junge Mann zog fünfzig Dollar aus der Tasche, drückte sie ihm in die Hand und entfernte sich.
Während der mittelalte Mann das Geld mit einem breiten Grinsen in seinem Geldbeutel verstaute blitzten seine gelben Zähne hervor:
„Willkommen, meine Brüder, kommen Sie doch immer rein in die gute Stube!"
Das Haus war im Inneren genauso ausgestattet wie ein typisches Dorfhaus in Anatolien. Am Treppenabsatz zogen sie ihre Schuhe aus und Şeydo zog mit seinen ungewöhnlichen Bewegungen die Blicke des Mannes auf sich.
„Ihr habt eine lange Reise hinter euch!", sagte er. „Meine Frau soll euch sofort eine Suppe zubereiten. Hier könnt ihr es euch bequem machen."
Auf jeder Seite befand sich ein Zimmer und in der Mitte ein durch ein Holzpanel abgetrenntes Wohnzimmer. In der Ecke des Wohnzimmers stand ein alter Holzofen.
Die Hausherrin füllte Suppe, die an Spülwasser erinnerte,

in Schalen und stellte sie auf den Tisch. Gleichzeitig musterte sie Şeydo und Mahmut.
Weil Şeydo und Mahmut seit dem Morgen nichts mehr gegessen hatten, kümmerten sie sich nicht länger darum, dass die Suppe wie Spülwasser schmeckte, und begannen, sie in sich hinein zu löffeln. Mit jedem Bissen spiegelte sich in Şeydos Gesicht der Schmerz stärker wider. Nach all diesen Strapazen war es ein weiterer, schmerzhafter Höhepunkt, als er sich mit der Beinprothese setzen musste. Aber er blieb eisern. Er hatte keine andere Wahl. Es schien, als würden die Eheleute jede einzelne seiner Bewegungen kontrollieren.
Nachdem sie ihre Suppe geschlürft und noch ein wenig geplaudert hatten, gingen sie auf ihre Zimmer.
Sie schlossen die Tür hinter sich und weil sie sich in Sicherheit wähnten, bemerkten sie das aufmerksame Augenpaar nicht, das sie beobachtete. Şeydo stöhnte leise, als er seine Beinprothese abnahm. Mahmut lockerte das Korsett unter seinem Hemd und versteckte die Waffen, die dort verborgen gewesen waren, unter seinem und Şeydos Kissen. Dann behandelte er die wunden Stellen auf Şeydos Körper mit der Salbe, die er in der Beinprothese versteckt hatte. Das Innere der Prothese hatten sie zu einer Art Warenlager umfunktioniert. Neben der Salbe hatten sie auch eine kleine, in Verbandmull eingewickelte Waffe dort deponiert. Dann erwarteten sie, Wache haltend, den Morgen.
Als sie die Hähne krähen und Hunde bellen hörten, waren sie schon lange angezogen und erwarteten die Gastgeber. Der Hausherr war erstaunt, dass er sie vorbereitet vorfand, als er ohne anzuklopfen das Zimmer betrat.
„Ja, warum seid ihr denn so früh schon auf den Beinen?“, sagte er mit schmieriger Stimme.

Dann wandte er sich unter dem Vorwand, dass er das Zimmer lüften wolle, in Richtung Fenster und sagte: „Müsst ihr auf die Toilette?", und als sie mit „Ja" geantwortet hatten, führte er sie zum Klohäuschen im Garten. Nach einem schrecklichen Frühstück unterhielten sie sich.
„Während des Kommunismus war es hier ziemlich schön", sagte der Mann.
Danach schilderte er, welcher Vielfalt an Gefahren sie ausgesetzt seien, seit der Eiserne Vorhang gefallen sei. Ständig patrouilliere die Grenzpolizei und immer wieder warnte der Mann, dass sie sich von denen nicht erwischen lassen dürften.

* * *

Als am Nachmittag ein Auto laut und hupend vorfuhr, führte das im Haus kurzfristig zu Aufregung. Der Mann brachte Mahmut und Şeydo in den Stall und erklärte den beiden, dass es sich bei den Ankömmlingen um Grenzpolizisten handle, die man bestechen müsse, er aber kein Geld habe. Auch wenn Mahmut ihm die Geschichte nicht abnahm, zog er fünfzig Euro aus der Tasche und gab sie ihm. Als der Mann den Stall verließ, sagte er:
„Wenn man euch entdeckt, unternehmt am besten gar nichts. Ich kümmere mich schon darum." Ungefähr eine Stunde mussten sie warten, den Stallgeruch in der Nase. Weil die Leute draußen Bulgarisch redeten, verstanden sie nicht, was gesprochen wurde, und warteten besorgt ab. Der Mann draußen sprach mit flehender Stimme zu seinem Nachbarn, der barsch antwortete und auf den Boden stampfte. Şeydo und Mahmut sollten noch ein paar Tage nicht bemerken, dass sie einem Betrüger erlegen waren.

Als am zweiten Tag dieselbe „Zeremonie" stattfand, sagten sie, dass sie kein Geld mehr zahlen würden.
„Diese Heiden gerben uns das Fell. Ich habe ihnen gesagt, dass ihr hier seid. Deswegen müssen wir sie irgendwie auf unsere Seite ziehen", sagte er.
Er tat so, als würde er nachdenken. Dann sagte er, dass er eine Idee habe, die aber nur durchsetzbar wäre, wenn sein Nachbar Memedi sich darauf einlassen würde. Als Mahmut und Şeydo nachfragten, antwortete er:
„Also, eure Waffen bringen euch hier gar nichts. Und wenn ihr mit den Waffen aufgegriffen werdet, dann müsst ihr eine hohe Strafe zahlen. Und man schickt euch zurück in die Türkei. Also, los, los! Gebt mir die Waffen, bevor die Polizei kommt. Wir geben sie dann Memedi und kriegen von ihm dafür Kohle."
Es brachte ihnen nichts, dass sie bemerkten, dass sie einem Aufschneider auf den Leim gegangen waren. Je mehr sie widersprachen, desto beharrlicher wurde er und sie kamen aus der Sache nicht mehr heraus. Ohne dass sie sich untereinander absprechen konnten, händigten sie dem Mann eine ihrer Waffen aus. Dann mussten sie weiter warten.
Als der Mann dann endlich kam und ihnen mitteilte, dass die Gefahr vorüber sei, fragten sie ihn, wieviel er für die Waffe bekommen habe. Ohne dass er sich bemüßigt gefühlt hätte den Preis zu nennen, sagte er, dass er das ganze Geld der Polizei gegeben habe, und beendete das Thema.

***

Mitten in der Nacht kamen der Fahrer und der junge Bulgare. Sie wollten über Serbien weiter nach Albanien. Als der junge Bulgare erklärte, dass dies die Route mit den wenigsten Kontrollen sei, staunten beide nicht schlecht. Sie erzählten von ihren Erlebnissen mit der Grenzpolizei und den Bestechungsgeldern. Der junge Bulgare und der Fahrer mussten laut lachen. Am Ende mussten sie ebenfalls in das Gelächter mit einstimmen. Aber ihr Lachen klang gereizter.

Sie machten sich fertig und fuhren bald los.

Sie benutzten entlegene Straßen weitab vom Schuss und blieben auf der bewaldeten Straße nach Tirana stehen.

Sie stiegen aus und schnappten frische Luft. Als sie einen Wagen sahen, der ihnen entgegenkam und aufblendete, bemerkten sie, dass sie in Sicherheit waren, weil ihr Fahrer auf das Signal antwortete. Als der Wagen neben ihnen hielt, erkannten sie den Fettsack aus dem Hotel.

Als der Mann mit seinem riesigen Hintern und Bauch ausgestiegen war, schaukelte der Wagen wie ein abgeschossener Pfeil.

***

Die Autos fuhren in den Wald hinein. Bevor sie tief in die Dunkelheit des Waldes eingedrungen waren, hielten sie vor einer Hütte, die verlassen zu sein schien. Ein Mann mit einem Rucksack in der Hand kam aus dem Haus heraus und ihnen entgegen. Der Fettsack stieg mit demselben Zeremoniell wie zuvor wieder aus dem Wagen. Er lief ein paar Schritte gemeinsam mit dem Mann. Sie sprachen so leise, dass man nichts hören konnte. Als der Fettsack zum Auto zurückkam, verlangte er das restliche Geld. So wie er es bei ihrem Treffen in Istanbul angekündigt hatte, wollte er den restlichen Betrag aushändigen, wenn er den Chef ihres Netzwerks treffen würde. Mahmut und Şeydo

hatten den Überblick darüber verloren, wie weit sie bereits gekommen waren und was sie bereits hinter sich hatten. Sie wussten nur, dass sie bereits längere Zeit über eine nichtasphaltierte Straße gefahren waren.
Als der Fahrer die Scheibe herunterließ, strömte eine frische Meeresbrise ins Auto. Kurze Zeit später zauberten die Scheinwerfer des Wagens einen weißen Schimmer auf das Meer. Als sie das sahen, wurde ihnen klar, dass sie das Ende ihrer unglücklichen Reise erreicht hatten. Die Autos fuhren auf der sandigen Straße wieder los. Kurz darauf hielten sie nebeneinander an. Beide Fahrer blendeten gleichzeitig auf, und auf dem Meer wurde ein blinkendes Licht sichtbar. Alle außer den Fahrern stiegen aus den Autos aus.
Der Fettsack warnte, dass sich niemand vom Fleck bewegen solle. Das Licht, das sich schnell vom Schiff wegbewegte, kam Richtung Ufer. Je näher es kam, desto größer wurde es.
Kurze Zeit darauf verlöschte das Licht. Zwischen dem Wellenrauschen hörte man einen Motor. In dem Schlauchboot saßen zwei Personen. Die eine hielt das Schiffstau, die andere rannte auf die am Ufer wartenden Personen zu. Noch bevor das Schlauchboot angelegt hatte, wurde der Chef der Schlepperbande wütend und nervös. Als sie genauer hinsahen, erkannten sie, dass der Schiffskapitän, mit dem sie später noch viel zu tun haben sollten, auch dabei war. Mahmut dachte sich: „Wenn der Grund für das Unbehagen des Bandenchefs die Tatsache ist, dass der Kapitän auch hier ist, dann stimmt irgendetwas nicht."
Ohne sie eines Blickes zu würdigen, ging der Kapitän auf den Bandenchef zu. Zwischen ihnen entspann sich eine lebhafte Diskussion und Mahmut war sich nun ziemlich sicher, dass etwas nicht stimmte. Er drehte sich zu Şeydo und erinnerte ihn daran, dass sie auf der Hut sein sollten.

Als der Bandenchef aufgebracht ins Auto stieg, brüllte der Kapitän mit wütendem Schaum vor dem Mund:
„Los jetzt, worauf wartet ihr? Kommt zu Potte, steigt sofort ein. Und dann ab durch die Mitte und los."
Dann wandte er sich wieder an den Bandenchef. Mit ruhiger, aber bedrohlicher Stimme, sprach er weiter:
„Wenn du nicht mit der abgesprochenen Anzahl Leute pünktlich da sein wirst, dann geht die Sache rauf bis zum Chef. Die Konsequenzen musst dann du tragen..."
Als das Boot losfuhr, fragte Mahmut mit entspannter Stimme:
„Käpt'n, gibt es ein Problem?"
Anscheinend hatte sich der Kapitän immer noch nicht beruhigen können, denn er schnaubte durch die Nase:
„Was geht dich das an? Steck deine Nase nicht in Dinge, die dich nichts angehen! Oder man wird dir diese Nase abreißen. Nur damit das klar ist!"
Niemand war auf Deck, als sie an Bord kletterten. Es herrschte geradezu tödliche Stille. Fluchend sammelte der Kapitän seine Männer zusammen und erteilte seine Befehle.
„Hört her, bringt die nach unten, zu den anderen...
Die Küstenwache ist auf Patrouille. Verhaltet euch dementsprechend. Lasst sie nicht alle naselang aufs Klo und so. Macht keinen Lärm. Es kommt noch eine Gruppe.
Dann lichten wir den Anker. Seid vorbereitet!

***

Auf den Gesichtern der Männer auf dem Boot schien sich Hass breitgemacht zu haben. Ihre Blicke waren so gereizt wie das tosende Meer bei Sturm, und schneidend wie die Zähne eines Haifischs. Auch wenn sie nicht dieselbe Sprache sprachen, sie konnten sich durch Flüche und Gesten genügend Ausdruck verleihen. Während Şeydo ruhig blieb, sprang Mahmut immer wieder von seinem Platz auf. Als sie über knarzende Treppen nach unten gingen, atmeten sie einen beißenden Gestank nach Öl und Schimmel ein. In Kombination mit dem Schwanken des Schiffes weckte das ein Gefühl der Übelkeit. Plötzlich glaubte Mahmut, an einem Mundvoll Erbrochenen, das ihm die Speiseröhre heraufgekrochen war, ersticken zu müssen. Er schluckte die saure Kotze wieder hinunter. Das Gefühl der Übelkeit verstärkte sich dadurch noch mehr. Als sie die Treppe hinab auf das Unterdeck kamen, bemerkten sie, dass dort das Wasser einen halben Fingerbreit auf dem Fußboden stand. Sie wurden wütend. Nachdem sie durch einen engen Korridor gekommen waren, warteten sie vor einer verschlossenen Tür. Sie hörten die sanften Klänge einer Hirtenflöte. Gleichzeitig wurden auch andere Geräusche hörbar. Mahmut konnte sich nicht länger zusammenreißen. Er musste sich aus vollem Halse übergeben. Er war nun voller Erbrochenem und die Schiffscrew wandte sich fluchend von ihm ab.

Als ein Typ mit zotteligem Bart und Haaren angerannt kam und die Tür aufschloss, verstummten die Weidenflöte und das Gemurmel schlagartig. Plötzlich hörte man außer dem Weinen eines Babys kein einziges Geräusch mehr. Als sich die Türe öffnete, gingen sie hinein, ohne sich von dem beißenden Geruch abhalten zu lassen. Sie stiegen eine kurze Treppe mit drei oder vier Stufen hinab. Als sich ihre Augen langsam an das schummrige Licht gewöhnt hatten, versuchte ein junger Mann mit Wunden im Gesicht, sich in gebrochenem Englisch der Person, die die Tür aufgeschlossen hatte, verständlich zu machen:

„Hey! Sir, going to the toilet." („Hey, mein Herr, ich muss auf die Toilette.")
„You have not left a more recent?" („Warst du nicht eben erst?")
„Indigestion." („Durchfall.")
„Wait a moment." („Warte einen Moment.")
Als kurz darauf die Tür wieder abgeschlossen wurde, sagte der junge Mann:
„Diese Schurken kommen immer mit derselben Lüge. Wir haben uns mit unserem Geld die Sklaverei erkauft auf diesem Schiff, auf das ich scheiße..."
„Verzeihung, aber mir scheint, als könnten sie auf das Schiff gar nicht scheißen", antwortete Mahmut mit einem überheblichen Lachen. Auch Şeydo berührte die Sache.
„Woher bist du, mein Freund?", fragte Mahmut.
Der junge Mann begann zu sprechen wie ein Radio, in das man frische Batterien eingelegt hat. Auf die Frage, woher er stamme, spulte er seine gesamte Lebensgeschichte ab:
„Bruder, ich bin aus Erbil. Aber seit acht Jahren lebe ich in Istanbul. Ich habe mir das Geld vom Munde abgespart, damit ich nach Italien kann, und habe mein gesamtes Erspartes diesen Schleppern in den Rachen geworfen. Es ist meine brennende Liebe für Europa, wegen der ich auf diesem Fünf-Sterne-Scheißschiff reise. Sieh mal einer an."
Sie mussten wieder lachen. Der junge Mann aus Erbil hatte innerhalb kürzester Zeit, ohne Atem zu holen, seine ganze Welt in diese Sätze gepresst.
Nach dieser kurzen Unterhaltung mischten sie sich zwischen die Leute, die sich auf Decken auf dem Fußboden niedergelassen hatten, und suchten ein Fleckchen für sich selber. Mit Mahmuts Hilfe konnte sich auch Şeydo unter großen Schmerzen auf dem Boden niederlassen.

Sie zündeten sich Zigaretten an und musterten die Umgebung. Als sie bemerkten, dass sie unter einer Windhutze saßen, schaute sich Mahmut die Roste genauer an und stellte fest:
„Die Belüftungsrohre sind anscheinend verschlossen worden. Das ist auch der Grund, warum es hier drinnen so stinkt!"
Şeydo sah sich schweigend um. Irgendetwas stimmte hier nicht. Man musste aufmerksam sein und Mahmuts durchgeknallten Auftritte verhindern. Wenn er an Mahmuts Durchgeknalltheit dachte, musste er jedes Mal unterbewusst seine Beinprothese reiben. Obwohl sie ihm unendliche Schmerzen bereitete, beschloss er, sie auch in der Stille der Nacht nicht abzunehmen. Eine Weile beobachtete er die Großfamilie, von der er aufgrund ihres arabischen Dialekts glaubte, dass sie aus Syrien stamme. Samira, Rahman, drei Frauen und ein Mann waren die schwarzen Menschen, die diese Großfamilie bildeten.

***

„Schwester, ich muss mal!"
Şeydo und Mahmut wandten gleichzeitig ihre Köpfe nach dem kleinen Mädchen. Sie saß unter einer anderen Windhutze. Dort war es nicht nur dunkler, sondern auch etwas abgelegener von den übrigen Passagieren. Als Mahmut sofort aufspringen und hingehen wollte, versuchte Şeydo ihn daran zu hindern:
„Jetzt warte halt mal, nur die Ruhe. Vielleicht sollten wir erst mal herausfinden, was eigentlich genau Sache ist, dann kannst du immer noch zu denen rüber. Nur keine Eile."

Das kleine Mädchen brüllte weiter, ihre große Schwester führte sie in Richtung der Tür. Mit ihren schweren Silberringen klopfte sie gegen die Tür und rief:
„Macht auf! Habt ihr denn gar kein Einsehen?"
Während das kleine Mädchen weinte, klopfte ihre große Schwester an die Tür und zeterte weinend, aber niemand öffnete die Tür.

* * *

Zwei Öler, ein Schiffsmechaniker und der erste Maschinist hatten sich an die Absperrung im Maschinenraum gelehnt und witzelten darüber, warum sich einer von ihnen eingemischt hatte, ob die Tür geöffnet werden solle oder nicht. Sie rauchten und waren in ihr zwangloses Gespräch vertieft.
Der Öler, der sich ganz offensichtlich durch die Geräusche gestört fühlte, sagte:
„Verdammt, Arschloch, dein Türkischer Honig ruft dich."
Der Maschinist grinste:
„Lass sie noch weiterheulen."
„Hast du denn noch nicht davon gekostet?"
„Nein, ich bin noch bei der Inaugenscheinnahme"
„Du solltest es ihr besorgen, bevor es zu spät ist. Sonst fangen andere den Fisch. Nur damit das klar ist! Wir halten für dich Wache und du wirst in Zukunft nicht vergessen, ein bisschen entgegenkommend zu sein."
„Der Kapitän hat gesagt, dass wir nichts tun sollen, bevor wir nicht auf Fahrt gegangen sind. Ich werde es mir wohl noch zwei Tage mit meinen eigenen Händen besorgen müssen, hahaha."

Es wurde weiterhin beharrlich an die Tür geklopft. Während der Wischer pfeifend Richtung Tür ging, leckte er sich die Handflächen und schmierte sich dann die Haare zurück:
„Ich komme, mein Türkischer Honig... Warte auf mich!“, rief er in gebrochenem Türkisch.
Lärmend zog er den Türriegel zurück und sagte:
„Hier bin ich, mein Türkischer Honig.“
In der Sekunde, in der der Wischer das Gesicht des Mädchens sah, schien es ihm, als wären Blitz, Donner, grelles Licht und Vogelgezwitscher auf ihn niedergeprasselt. Er war wie in eine dunkle Wolke getaucht und fiel auf den Hintern. Dann konnte auch sein Oberkörper der Erdanziehungskraft nicht länger standhalten. Der junge Mann aus Erbil hatte seine Faust mit voller Kraft auf die Nase des Wischers niederprasseln lassen. Das kleine Mädchen und seine große Schwester waren nicht ganz freiwillig vor die Tür getreten und versuchten zu verstehen, was eigentlich passiert war. Wann war der junge Mann aus Erbil zu ihnen gekommen und wann hatte er seinen Faustschlag ausgeführt?
Mit matten und ängstlichen Augen klammerte sich das Mädchen fest, wo sie war, während ihre Schwester sich schützend vor sie kniete. Der junge Mann aus Erbil sagte zu ihr:
„Hab keine Angst. Geht schnell auf die Toilette, ich halte die hier so lange hin.“
Zu dem Lärm gesellten sich noch das Geräusch von Trillerpfeifen und das Gebrülle des Ölers und machten das bedrohliche Chaos perfekt. Şeydo versuchte Mahmut daran zu hindern, den jungen Mann aus Erbil vom Treppenabsatz wieder hineinzuziehen. Dann kassierte der Erbiler

Prügel. Das kleine Mädchen hatte in die Hose gemacht und ihre Schwester versuchte weiterhin, sie zu beschützen. Der Bootsmann kam eiligen Schrittes angelaufen und hörte wütend zu, dann brüllte er seine Befehle:
„Hört sofort mit diesem Höllenlärm auf! Bis zum Abend wird niemand auf die Toiletten gelassen. Die Küstenwache kann jeden Moment hier sein. Alle werden nach drinnen gebracht. Die Wasserpaletten, die da am Rand stehen, sollen nach vorn gestapelt werden. Gebt den Leuten einige leere und ein paar volle Wassereimer. Außerdem etwas Brot und Käse, damit die bis zum Abend, besser noch bis zum Morgen mucksmäuschenstill sind. Habt ihr mich verstanden?"
In einem Moment, in dem er noch lauter brüllte und in die Hände klatschte, um sie zur Eile anzutreiben, ertönte aus dem Funkgerät die aufgeregte Stimme des Kapitäns.
„Das gesamte Personal... Ok... Innerhalb einer Stunde werden alle hier sein... Ok... Alles fertig putzen... Ok..." Darauf wurde erwidert:
„Verstanden... Ok."
Der Bootsmann drehte sich zu den Männern um. In seine Wut hatte sich jetzt auch Angst gemischt:
„Ihr habt es gehört. Verfickte Sache! Wer sich dumm anstellt, muss seinen Arsch herhalten."
Hastig öffneten sie die Tür und holten den Erbiler und die anderen rein. Es war, als hätte man in einen Bienenstock gestochen. Wütendes Gebrüll und Flüche ertönten von allen Seiten. Innerhalb einer Viertelstunde hatten sie die Paletten bis zur Decke vor der Tür gestapelt. Die Leute drinnen schauten mit ängstlichen Blicken zu, was da vor sich ging, während Mahmut und Şeydo den Erbiler zu sich holten und versuchten, ihn zu beschützen.

Nachdem sie ihre Schwester trockengelegt hatte, gesellte sich auch die junge Frau dazu. Şeydo konnte zu alldem nicht länger schweigen:
„Das wird so nichts, Mahmut. Wir sollten dem Erbiler etwas von meiner Fußsalbe geben. Sonst wird dem armen Kerl bis morgen das Gesicht dunkellila anschwellen."
Während er dies erklärte, bemerkte er, dass Mahmut überfordert war. Mit einer hastigen Bewegung zog er sein Hosenbein hoch und nahm die Beinprothese ab. Sein Stumpf war dunkellila. Ohne dem Beachtung zu schenken, nahm Şeydo die Salbe aus der Prothese und versorgte damit die wunden Stellen des geprügelten Erbilers. Die junge Frau war entsetzt über das, was sie sah. Erst als Mahmut anfing zu reden, entspannte sich ihr Gesicht.
Auch an Samira war es nicht einfach spurlos vorübergegangen, was da direkt neben ihr geschehen war. Sie und Rahman waren dazu gekommen und sie hatte begonnen, Şeydo zu helfen. Innerhalb kürzester Zeit bekam sie die Situation unter Kontrolle, und es war Şeydo, der ihr assistierte. Ohne sich davon abbringen zu lassen, unterhielt Mahmut sich weiter mit der jungen Frau:
„Ich heiße Mahmut. Und Sie?"
„Hasibe... Und meine kleine Schwester heißt Neyire."
„Werden Sie in Italien erwartet?"
„Meine Mutter hat eine Telefonnummer. Sie wird morgen an Bord kommen. Sobald wir in Italien ankommen, werden wir diese Nummer anrufen. Mein Onkel wird kommen und uns abholen."
„Warum ist Ihre Mutter nicht mit ihnen zusammen gefahren?"
„Es hieß, das sei gefährlich, und deswegen hat man uns getrennt und in zwei Scharen eingeteilt."

Nachdem sie den Erbiler ausreichend versorgt hatte, legte sie Şeydo, der ihr begeistert zugesehen hatte, mit einer unnachgiebigen Handbewegung auf die Decke und begann sich um dessen Beinstumpf zu kümmern. Diesmal fiel die Rolle des Helfers Rahman zu. Mahmut und Hasibe setzten ihr Gespräch fort, die Gruppe Schwarzer spielte leise Karten und die syrische Großfamilie wurde zwar manchmal etwas lauter, drosselte dann aber ihre Stimme, wenn der Alte sie wild gestikulierend dazu aufforderte. Eine junge Mutter, die ebenfalls zu der Familie gehörte, versuchte, mit ihrer zu früh verwelkten Brust ihr hungriges Kind zu stillen. Ganz hinten kniete ein altes Paar, das schon seit Längerem betete, vielleicht, um die Anspannung dieser Reise ins Ungewisse zu unterdrücken. Nachdem Neyire trockengelegt worden war, schlief sie sofort ein. Diese Menschen, die aus ganz unterschiedlichen Gründen ihre Wurzeln verloren hatten, mussten ihre große Welt in diesen kleinen Lagerraum pressen.

* * *

Ein leises Geräusch, das von hinter der Metalltür zu hören war, reichte dazu aus, dass die Leute sich sofort fest in ihre Decken wickelten und starr wie Statuen wurden.
Es war so gut wie unmöglich zu sehen, was sich hinter den Paletten, die wie eine Ziegelwand gestapelt waren, abspielte. Deswegen war es für die müden und verdrießlichen Mitarbeiter der Küstenwache, die begierig auf eine Flasche Whisky oder eine warme Suppe waren, zu viel der Mühe, hinter die Metalltür zu schauen. Die zynischen Antworten des Kapitäns auf ihre mit harter Stimme geschwungenen Reden machten deutlich, was los war. Als sich die Gesprä-

che von der Tür wieder entfernten, wurde das Leben unter den Decken noch unerträglicher. Es schien, als würden Durst, Hunger, Mangel an Luft und Angst gegeneinander konkurrieren.
Nach einer Weile verstummten die Gespräche vor der Tür. Das ohrenbetäubende Geräusch der Metalltür verspra-ch, dass die Gefahr, entdeckt zu werden, vorübergehend gebannt sei.

***

Mitten in der Nacht wurde die Tür sperrangelweit geöffnet. Aber diejenigen, die vermutet hatten, dass die Paletten an ihren alten Ort gestapelt werden und alles wieder seinen gewohnten Gang gehen würde, bemerkten sofort, dass sie sich getäuscht hatten. Die feste Stimme des Maschinisten klang wie der Anfang von etwas Neuem:
„Gebt denen ihr Brot und ihr Wasser. Und vergesst nicht, diesen rebellischen Jungspund auf die Toilette zu bringen. Es wäre doch schade, wenn ihm noch die Blase platzte."
Obwohl der Erbiler verprügelt worden war, ging er stolz, weil er sich den Schlägern nicht gebeugt hatte, den Gang vor ihnen entlang. Ohne zu wissen, wohin und in welche Unwägbarkeiten er gebracht würde, ging er mit furchtloser Körperhaltung. Als man ihm sagte, dass man ihn auf die Brücke zum Kapitän bringen werde, ging er widerspruchslos mit.
Das Erste, was er sah, als er an Deck kam, war, dass die Seeschlagblenden der Bullaugen verschlossen waren. Es schauderte ihn. Aber er ging strammen Schrittes weiter. Als er die enge Stiege hinaufging, die vom Deck auf die Brücke führte, stieß er auf den Kapitän.

„Ist das der Hurensohn, der unserem Aufseher einen Kinnhaken verpasst hat?", fragte er die Begleiter.
Dann wandte er sich an den Erbiler und brüllte: „Wem verteilst du hier Kinnhaken, verdammt? Gleich werden die Fische deinen Arsch fressen, da will ich doch sehen, ob du denen auch Kinnhaken verteilst."
Er befahl dem Mann am Kran, die Trosse herabzulassen. Einem anderen sagte er, dass er einen Fünfzig-Kilo-Sack gefüllt mit Sand an den Füßen des Erbilers anbringen solle. Zuletzt verlangte er, dass man ihm die Hände auf den Rücken binden und einen Schiffsbalken, der an der Trosse festgemacht war, unter seinen Achseln durchschieben solle. Dann sah er siegessicher zu, wie man seine Befehle umsetzte.
Als der Kran das Tau aufspulte, rissen die Muskeln und Bänder in den Schultern, am Rücken und an den Armen des Erbilers. Er hielt den unerträglichen Schmerzen stand, biss die Zähne zusammen und gab keinen Laut von sich. Als der Kran das Tau bis nach ganz oben gezogen hatte, hatte der Sandsack, den der Erbiler an seinen Füße hatte, bereits die Haut abgeschürft und es blutete. Der Erbiler war kurz davor, ohnmächtig zu werden.
Als der Kran nach rechts schwenkte und über Bord gen Meer gerichtet war, löste der Kapitän, indem er seinen Daumen nach unten richtete, den Haken von dem Ring, an dem das Tau befestigt gewesen war. Als wäre ein Hunderte Kilo schwerer Pottwal auf die Meeresoberfläche aufgeschlagen, landete der Erbiler im Meer. Nur er selber konnte seine Schreie hören und die Fische am Meeresgrund...
Die Wasseroberfläche beruhigte sich wieder und der Erbiler war durch den Ballast an seinen Füßen in die dunklen Tiefen des Meeres versenkt. Der Kran hing in seiner alten

Position. Das Leben und die Einsamkeit der Zeit waren lediglich für den Erbiler beendet. Die anderen Leben setzten sich ohne Unterbrechung mitsamt ihren Schmerzen, ihrer Hilflosigkeit und ihrem Kummer fort.

* * *

Şeydo, Mahmut und Samira waren in ein Gespräch vertieft. Şeydo hatte in seiner Zeit als Schmuggler, als er ständig in den iranischen Dörfer jenseits der Grenze unterwegs war, recht passabel Farsi gelernt.
Samira zog ein Blatt Papier aus dem Ausschnitt und erläuterte dazu, dass Semir aus Hatay ihr gesagt hatte, sie solle es einer Person, die mit einem Einbeinigen reise und auf die Mahmuts Beschreibung passte, aushändigen. Mahmut las den Zettel mit einem Blick durch, dann wandte er sich an Samira und sagte:
„Ich kenne Semir nicht, aber wir haben einen gemeinsamen Freund. Daher muss er von mir gehört haben. Bringen Sie Ihre Taschen hierher und bleiben Sie bei uns."
Şeydo übersetzte seine Worte und während er Samira alles erklärte, ging Mahmut zu Hasibe und sagte: „Packt eure Sachen zusammen und kommt zu uns rüber. Wir sollten zusammenbleiben. Ich nehme die Kleine."
Als hätte sie nur auf das Angebot gewartet, hatte Hasibe bereits ihre Sachen und ihre Decke zusammengeräumt. Kurz darauf saßen sie alle beieinander. Auf Samiras Wunsch hin hatte Rahman sogar begonnen, Hirtenflöte zu spielen. Dieser freundschaftlichen Geste konnte sich auch die syrische Familie nicht verschließen und klatschte im Takt zu Rahmans Weisen. Während Samira Şeydo erzählte, was ihr alles widerfahren war, bis sie an Bord

dieses Schiffes gegangen waren, füllten sich ihre Augen mit Trauer. Mit leichtem Schamgefühl verlor sich Şeydo in diesen mit pechschwarzem Kajal umrandeten Augen. An ihrer linken Schläfe hatte die Frau die Umrisse eines Sterns eintätowiert. Auch wenn eine pechschwarze Haarlocke, die bis zum Kinn hinab reichte, diesen verdeckte, tauchte der Stern immer wieder auf, wenn sie ihren Kopf bewegte. Das verlieh Samiras Gesicht etwas Geheimnisvolles.
Als Şeydo seinen Kopf hob und Rahman ansah, bemerkte er, dass dieser dieselbe Sterntätowierung hatte. Er stellte eine Frage nach der anderen, ganz offensichtlich wollte er verhindern, dass Samira schwieg.
„War das ein iranisches Klagelied, das Rahman da gespielt hat?", fragte er.
Samira schüttelte den Kopf und sagte: „Nein." Sie atmete tief durch, als wolle sie alles in einem einzigen Atemzug erzählen, und schaute ihren Sohn an:
„Rahman, mein Augapfel, Vermächtnis meines Mannes, spiel doch noch einmal ‚Reyhan'." Mit kindlicher Freude nahm Rahman seine Flöte zur Hand. Dann führte er sie zum Mund und befeuchtete das Mundstück. Er blies ein paar Mal hinein, um den richtigen Ton zu erwischen. Dann zogen die Klänge des Klageliedes die Umgebung erneut in ihren Bann. Verblüfft blickte Şeydo zu Samira, als die Melodie ihn umfing. Samira war reif und erfahren genug, um zu wissen, was dieser Blick bedeutete, und fragte: „Möchtest du, dass ich die Geschichte dazu erzähle?"
Şeydo begnügte sich damit, zustimmend zu nicken.
Er hatte sich schon längst darauf eingelassen, sich in ihren Augen zu verlieren und sich ihr auszuliefern, und obwohl er gern die Tränen aus Samiras Blick gewischt hätte, saß er wie erstarrt da. Samira sah erstmals Şeydo direkt an und

fühlte dabei, dass eine andere Wärme ihr Ich erfüllte. Es war so etwas wie die Wärme des Bodens, dem sie entrissen worden war, oder wie die Wärme ihres Vaters, Bruders oder Ehemanns. In diesem Moment spürte Samira ein unbeschreibliches Redebedürfnis. Ganz so, als ob Şeydo der einzige Mensch wäre, dem sie vertraute, vertrauen mochte. Sie fühlte sich geborgen wie ein Vogeljunges unter dem Gefieder seiner Mutter. Aber sie brachte den Mut nicht auf, ihn zu umarmen.
Sie begann, geduldig zu erzählen.

Der Bach Pereser[18]

„Eigentlich ist es ein Klagelied der Gilaker. Wir sind ebenfalls Gilaker. Unsere Sprache, unsere Lebensart und unsere Kultur unterscheiden sich von jener der Perser. Bei uns duftet es überall nach Tee. Nachdem mein Ehemann, mein Gatte, uns den Genossen anvertraut und uns verlassen hatte, habe ich Rahman manchmal bei meiner Mutter gelassen und bin ans Ufer gegangen. Jedes Mal hörte ich von weitem ein Klagelied. Ich kannte es und konnte die Trauer nachempfinden. Eines Tages ging ich in die Richtung, aus der die Melodie kam. Je weiter ich mich näherte, desto höher schlug mein Herz, wie die Wellen des Meeres. Als ich ankam, traf ich eine Frau im Schneidersitz an. Sie war alt und wirkte müde, ihr Gesicht erinnerte an ausgetrockneten Boden. In ihren Händen knetete sie ein zerrissenes Kopftuch. Unsere Blicke trafen sich, aber sie schien in die Tiefen des Kaspischen Meeres versunken zu sein. Als sie mich bemerkte, hieß sie mich mit einer Geste ihres Kopfes willkommen. Ich setzte mich direkt zu ihr. Eine Weile sprachen wir kein Wort. Ab und zu hörte ich

---

[18]Der Pereser ist ein Bach, der im Iran ins Kaspische Meer mündet.eigene Sprache und Kultur pflegt.

sie mit ersterbender Stimme murmeln: ‚Reyhan... Reyhan... Komm, meine Tochter. Dort ist es kalt. Komm, deine Mutter erwartet dich. Reyhan... Reyhan...' In dem Moment begriff ich, dass es die Mutter der ‚Meerjungfrau Reyhan' war, über die ich schon viel gehört hatte, die da im Sand saß. Ich wartete auf meinen Mann, sie auf ihre Tochter.
Sie hatte sich die bittere Frische der Hoffnung, dass ihre Tochter eines Tages zurückkommen würde, wie am ersten Tag erhalten. Ich durchlebte den Schmerz, den ich durch und durch kannte. Wir hatten uns beide an das Pendel der verlorenen Zeit gehängt.
Wenngleich ich die Antwort kannte, nahm ich meinen gesamten Mut zusammen und fragte:
‚Was ist mit Reyhan geschehen? Möchtest du es mir erzählen?'
Die Frau musterte mich mit einem kurzen Blick, dann wandte sie sich wieder um und schaute weiter in die Ferne. Mit der Zeit bin ich immer häufiger dorthin gegangen. Aber noch immer saß sie stundenlang nur dort, ohne ein Wort zu sagen, bis ich aufstand und zurück nach Hause ging. Ich hatte keine Ahnung, wann die Frau morgens dorthin ging und wann sie abends zurückkehrte. Als ich das letzte Mal dorthin kam, ging sie über den Sand und ich sprach in Gedanken mit meinem Mann Bahman. Er sagte zu mir: ‚Einen Schmerz kann man nur mittels eines noch größeren Schmerzes oder eines noch größeren Glücks vergessen. Unser Sohn ist unser größtes Glück. Belaste dieses Glück nicht durch irgendeine Trauer.'
Dann verschwand mein Bahman aus meinem Tagtraum. Obwohl ich es selber nicht wusste, hat Reyhans Mutter gespürt, dass ich an diesem Tag das letzte Mal an den Strand kommen würde.

Sie fasste mich bei der Hand und küsste mich mit ihren rauhen Lippen. Dann legte sie meine Hand auf das Kopftuch, das sie auf ihren Knien hielt, und streichelte. Sie begann abgehackt zu sprechen. ‚Reyhan hatte Augen, so blau wie der Himmel und so tief wie das Kaspische Meer.' Sie atmete tief durch, schaute auf das Wasser, wartete einen kurzen Moment, murmelte vor sich hin und sprach dann weiter: ‚Sie stand nie still. Sie hat die Hühner, Gänse und Truthähne gefüttert, ihre Geschwister mitgenommen und ihnen Geschichten erzählt. Sie wusste nicht, was es heißt zu ermüden, wusch die geschwärzten Töpfe und Kessel im Bächlein Pereser aus und half mir unermüdlich. Wir haben derweil entweder auf den Reisfeldern oder in den Teegärten gearbeitet.'
Die alte Frau schwieg, schluckte, hustete. Ihre Gedanken tauchten in die Tiefen des kaspischen Meeres ein, dann kehrte sie zurück und setzte ihre Erzählung fort: ‚Sie ist immer barfuß gelaufen. Ich habe immer mit ihr geschimpft, wenn sie ohne Schlappen über die Reisfelder, im Wald, am Bachufer oder anderswo umherging, aber sie hat nicht auf mich gehört. Eines Tages, an diesem verfluchten Tag, führte sie die Ziegen zur Weide. Sie brachte die Herde zum entlegensten Ort des Waldes am Pereser. Bis zur gefährlichsten Stelle hat sie sie geführt...'
Sie hielt inne, zog ihre beiden Hände auf die Brust und murmelte vor sich hin. Dann rief sie wieder: ‚Reyhan, Reyhaaaan, mein Kind, komm her!' Sie nahm meine Hand, legte das Tuch auf meine Hände und erzählte weiter: ‚Hungrige Wölfe griffen die Herde an. Als eine der Ziegen in den Pereser fiel, versuchte Reyhan, sie zu retten. An diesem Tag hat Reyhan, die nie auf mich gehört hat, ihre Schuhe angehabt, an dem Tag hatte sie sie an. Als sie das

Bachufer erreichte, rutschte sie aus und fiel hinein.
Alle, die in den Reisfeldern gearbeitet hatten, halfen bei der Suche. Wir haben den gesamten Wald umgekrempelt, aber meine Tochter mit den Meeresaugen haben wir nicht gefunden. Als wir das Ufer des Pereser erreichten, da fand ich ihr Kopftuch, es war zur Hälfte untergegangen und hatte sich im Schilfrohr verfangen.'
Dann schwieg die alte Frau wieder. Sie begann still und leise zu weinen, aber ihre Tränen waren versiegt. Immer wieder küsste sie das Kopftuch. Es schien, als hätte sie sich von mir entfernt, als wäre sie in einen Spalt gestürzt.
,Ich habe mich in den Pereser gestürzt', fuhr sie fort. ,Ein kleines Stück weiter hinten fand ich einen einzelnen Schuh von ihr, der sich in den Kieseln verfangen hatte. Ich brach zusammen, ich starb.'
Mit ersterbender Stimme begann sie zu rufen: ,Reyhaaa-an... Reyhaaaaan! Mamas Opferlämmchen, komm, mein Kind, deine Mutter wartet auf dich.'
Durch dieses Wehklagen legte sich ein eisiger Schleier über die Reisfelder, die Teeplantagen, den Bach Pereser und das Kaspische Meer.
Ich beugte mich hinab und nahm das Gesicht der Frau in meine Hände. Ich küsste ihre Stirn und ihre Hände. Wir sahen uns tief in die Augen. Mit einer Stimme, die aus ihrem Inneren kam, sagte sie: ,Wir haben das Kaspische Meer nicht weniger gründlich durchsucht als den Pereser. Aber sie war nicht da. Sie war auch nicht im Kaspischen Meer. Ich wollte ihr folgen. Aber man packte mich am Arm und ließ es nicht zu.'
Plötzlich wurde sie ganz kindlich und ihre Stimme füllte sich mit Hoffnung.

„Sie wird kommen. Das hat man mir gesagt. Ich warte auf meine Reyhan. Sie wird kommen. Ich weiß es. Sie wird kommen. Sieh nur, dort. Von dort wird sie kommen..."
Die Stille erstickte ihre Stimme wie eine Decke. Sie stand auf und ging zum Meer. Sie tauchte das Kopftuch in ihrer Hand ins Meer. Bis zum Sonnenuntergang schaute sie über das Kaspische Meer und phantasierte von Reyhan.
Leise entfernte ich mich. War das Wirklichkeit oder nur ein Traum, den ich träumte, um meinen eigenen Schmerz zu unterdrücken, oder waren es die Spuren des nicht enden wollenden Schmerzes, den ich empfand? Ich wusste es nicht."
Während Rahman die letzten Töne seiner Melodie spielte, setzte Samira das Klagelied zart fort. Rahman wischte mit seinen jungen Fingern die Tränen von der Wange seiner Mutter und Şeydo versank in eine melancholische Leere.

* * *

Hasibe erzählte Mahmut etwas nebelhaft von ihrem Abenteuer, wie sie die Reise begonnen hatten. Nachdem ihr Vater mit dem Traktor in einen Bach gestürzt und ertrunken war, begann der Albtraum. Der Onkel riss das gesamte Familienerbe an sich. Aber das reichte ihm nicht. Mit den Worten: „Früher oder später wirst du einem Kerl in die Hände fallen. Aber ich lasse dich nicht als Jungfrau gehen. Ich habe das Recht auf die erste Nacht", vergewaltigte er sie. Zwei Jahre trug Hasibe diesen „Schandfleck" mit sich herum. Bei jeder Gelegenheit wurde sie wieder vergewaltigt. Als sich die Sache von Mund zu Mund verbreitete, traute sie sich vor Angst nicht mehr aus dem Haus. Ihre Mutter konnte das nicht mehr ertragen. Sie erzählte ihrem

Bruder in Italien davon. Der einigte sich mit den Schleppern und organisierte diese Reise.
Während sie das alles erzählte, blieb Hasibe mehrmals der Atem stocken. Nachdem sie tief eingeatmet hatte, bemerkte sie, dass der Erbiler nicht zurückgekehrt war, und fragte besorgt:
„Vor einer Weile haben sie doch jemanden auf die Toilette gebracht, aber er ist noch nicht zurück. Ob etwas passiert ist?"
In dem Moment öffnete sich die Tür. Der Maschinist trat ein. In seinen Händen trug er zwei volle Wassereimer. Unter seine Achseln hatte er Brote geklemmt. Nachdem er die Eimer abgestellt hatte, legte er die Brote auf die leeren Decken. Gerade in dem Moment, in dem er sich umdrehen und gehen wollte, stellte Mahmut sich ihm in den Weg und fragte nach dem Erbiler. Der Maschinist sagte in seinem gebrochenen Türkisch:
„Der Kapitän. Guter Mann... Schau, junger Mann mich boxen... Kapitän guter Mann. Kapitän guter Mann, hat jungem Mann Kajüte mit Bett gegeben."
Mit einer Geste zeigte Mahmut, dass er verstanden habe und kehrte an seinen Platz zurück. Aber er wirkte nicht so, als würde er den Worten Glauben schenken. Er beruhigte Hasibe. Şeydo flüsterte er etwas ins Ohr und ließ sich auf dem Boden nieder.
Der junge Schwarze stand erstmals auf. Er war ziemlich groß und kräftig gebaut. Er streckte sich und sah sich um. Dann zählte er die Anwesenden und ging daraufhin zu den Broten, die der Maschinist hinterlassen hatte, und zählte auch diese. Als wäre es eine Aufgabe, die ihm übertragen worden war, verteilte er die Brote an die Anwesenden. Es war ein schöner, sehenswerter Anblick. Jeder bedankte sich mit einer Kopfbewegung für das zugeteilte Brot.

***

Als sich die Tür erneut öffnete, erklärte der Kapitän erst auf Arabisch mit Akzent, dann auf Türkisch mit breitem Schwarzmeerdialekt, dass sie am folgenden Abend in See stechen würden. Şeydo gab die Erklärung an Samira weiter und diese an ihren Sohn Rahman. Der Schwarze machte deutlich, dass er genervt sei, und meinte zu Mahmut:
„Ich von Istanbul... Kapitän... Was? Ich nicht verstanden."
„Morgen Abend geht es los", antwortete ihm Mahmut.
Der junge Schwarze bedankte sich, kehrte aber nicht an seinen Platz zurück, sondern blieb bei ihnen sitzen. Hasibe sah zum ersten Mal einen Schwarzen aus solcher Nähe. Sie kannte dunkelhäutige Menschen, aber einen Schwarzen hatte sie zuvor noch nie gesehen. Sie konnte nicht anders, als ihn ständig anzuschauen. Als sie Blickkontakt mit ihm hatte, wandte sie sofort ihre Augen ab.

***

Durch das gemütliche Schwanken des Schiffes, das nervenaufreibende Chaos des Tages, den Sauerstoffmangel in der Kajüte und noch zahllose Missstände fielen alle sofort in Schlaf.
Mahmut stand lautlos auf, wickelte Şeydos Beinprothese in eine Decke und verschwand zwischen den Paletten. Şeydo überwachte die Umgebung. Alles schien seinen gewohnten Gang zu nehmen und sie bemerkten nicht, dass jemand von außerhalb des Lagerraums Mahmut beobachtete.
Lautlos kehrte dieser zurück, stellte die Beinprothese an ihren Platz und setzte sich zu Şeydo. Er legte die Waffe, die er vorsichtig aus der Prothese geholt hatte, Şeydo auf den Schoß und witzelte dazu:

„Deine Verlobte hat dich vermisst. Da dachte ich mir, dass man die Liebenden vereinen solle. Habe ich richtig gedacht?“ Dann fielen sie beide in Halbschlaf.

***

Als im ersten Morgengrauen an die Tür geklopft wurde, sprangen Mahmut und Şeydo auf. Şeydo hatte seinen Finger sowieso schon am Abzug. Nachdem sie die Waffe aus dem Geheimversteck geholt und in Reichweite gebracht hatten, fühlten sich beide viel sicherer. Als zum zweiten Mal an die Tür geklopft wurde, begriffen sie, dass das alte Ehepaar seine rituellen Waschungen durchführen und deswegen auf die Toilette gebracht werden wollte. Anders als sonst, öffnete sich die Tür dieses Mal geräuschlos. Ein ziemlich jung wirkender Typ führte das Paar weg.
Das war das letzte Mal, dass Şeydo und Mahmut das Ehepaar sahen. Als sie am Morgen erwachten, wurde ihnen gesagt, dass das Paar wie der Erbiler in einem anderen Teil des Schiffes untergebracht worden sei. Die syrische Familie kombinierte ihr Gebrüll mit Aufstand, aber auch das brachte nichts. Als Mahmut gemeinsam mit dem jungen Schwarzen zur Toilette ging, bot sich die Gelegenheit, mit dem jungen Mann von der Crew alleine zu sein und ihm ein paar Fragen zu stellen. Als der junge Mann sagte, dass er aus einer Migrantenfamilie stamme und Türkisch spreche, freute sich Mahmut, als hätte er inmitten der Wüste eine Oase gefunden. Aber das, was er kurz darauf hören musste, verwandelte alles in eine Katastrophe.
„Der Kapitän ist auch Türke, Bruder. Aber ein mieser Typ. Du solltest ihm nicht vertrauen“, sagte der junge Mann.
„Gehörst du denn nicht zu seiner Mannschaft?“, erwiderte Mahmut.

„Das ist meine zweite Fahrt", antwortete der junge Mann und fügte hinzu: „Ich hatte keine Ahnung, was die treiben. Nach meiner ersten Fahrt sagte der Kapitän zu mir, dass ich bis an mein Lebensende im Gefängnis schmoren würde, wenn ich irgendjemandem ein Sterbenswörtchen von dem, was ich erlebt habe, verraten würde.

Der junge Mann schilderte Mahmut kurz und knapp, was er alles gesehen hatte, und warnte ihn.

Mahmut hatte verwundert und wütend zugehört und fragte:

„Und warum erzählst du mir das alles?"

„Es gibt ein Guckloch. Als ich da durchgeschaut habe, sah ich, dass du eine Waffe herausgeholt hast. Als der Kapitän von mir verlangte, dass ich euch beobachte und ihm berichte, habe ich mir gedacht, dass ihr wahrscheinlich zu den Guten gehört."

„Weißt du, wie viele Personen noch kommen werden?"

„Noch zwei Kähne werden erwartet, der eine ist kurz davor, hier anzukommen. Der andere wartet an einem Ort, den sie untereinander als ‚Die Insel, auf der kein Köter leben kann' bezeichnen. Heute Abend holen wir da den Rest ab."

„Komm immer du, wenn ich auf die Toilette gebracht werde, und halt mich auf dem Laufenden, ok?"

„Das geht nicht. Das kann ich nicht machen. Aber wenn ich kommen kann, dann klopfe ich zwei Mal gegen die Tür. Dann kletterst du auf die Paletten und wir reden durch das Loch dort."

„In Ordnung, so machen wir es."

Der Maschinist fluchte von Weitem und befahl dem jungen Mann, das Gespräch sofort zu beenden. Der junge Mann entfernte sich ein, zwei Schritte von Mahmut.

***

Gegen Mittag wurde eine weitere, große Gruppe gebracht. Sie erfuhren, dass die Neuankömmlinge vor allem aus Eritrea und Äthiopien stammten. Als etwa weitere 70 Personen dazu kamen, wurden die Fülle und der Sauerstoffmangel im Lagerraum unerträglich. Man konnte in dem überfüllten Loch nicht mehr treten. Als die große Gruppe dazu kam, gesellten sich die drei Freunde des Schwarzen zu Mahmut und den anderen.

***

Mahmut rief Şeydo zu den Paletten und erzählte ihm kurz, was er in Erfahrung gebracht hatte. Er erläuterte, dass sie unbedingt einzeln auf die Toilette gehen sollten und es schlecht wäre, wenn sie beide gleichzeitig müssten. Einer solle unbedingt immer vor Ort bleiben, um im Falle eines Falles die Leute informieren und handeln zu können. Kurz bevor sie an ihren Platz zurückkehrten, zeigte er Şeydo noch das Loch, durch das er mit dem jungen Mann kommunizieren konnte. Den Worten des Kapitäns zufolge sollten sie fünf Tage unterwegs sein. Doch bereits am ersten Tag hatten sie drei Tote zu beklagen. Am Abend würden sie, wenn sie die Passagiere auf der anderen Seite der Insel abgeholt hätten, im Abstand von sechs Seemeilen im Zickzack durch die Inseln fahren, um Zeit zu sparen. Vom jungen Matrosen hatte Mahmut außerdem erfahren, dass sie an einigen der verlassenen Inseln halten würden. Aber was das zu bedeuten habe, wusste auch sein junger Informant nicht.

***

Die Tür öffnete sich und der Kapitän und der Erste Offizier begannen sofort, noch vom Treppenabsatz aus, zu sprechen. Erst sprach der Erste Offizier laut und in flüssigem Englisch. Danach hielt der Kapitän eine Ansprache auf Arabisch und Türkisch. Mit barscher Stimme sagte er: „Hört mal zu. Alle naslang auf die Toilette gehen und Wasser verschwenden, ist nicht drin. Lärm machen, laut sprechen oder streiten ist auch nicht drin. Dem Personal darf nicht widersprochen werden. Damit die Alten und Kranken eine bequemere Überfahrt haben, werden sie nach und nach in die übrigen Abteilungen verlegt, sobald da Plätze frei werden. Bei diesem Vorgang gibt es keinen Widerspruch und kein Einmischen. Wer zuwiderhandelt oder sich in die Angelegenheiten des Personals einmischt, wird in den Kettenkasten gesperrt. Alles klar? Und jetzt setzen sich die Alten und Kranken in die Nähe der Tür!"
Nachdem der Kapitän und der Erste Offizier gegangen waren, entstand eine gewisse Bewegung bei den zuletzt Dazugekommenen. Sie bereiteten für sieben ältere Personen einen Platz, so dass sie sich an die Paletten lehnen konnten. Mit großem Respekt räumten sie ihnen diesen Platz ein.. Daneben stellten sie ihre Säcke, ihre Verpflegung und das Wasser.

Der junge Schwarze ging zu der Gruppe und versuchte, Näheres über sie in Erfahrung zu bringen. Dann kam er mit einem jungen Mann, der ebenso athletisch gebaut war wie er selber, und ließ sich neben Mahmut nieder.

„Wie heißt du, mein junger Freund?", fragte Mahmut ihn.

„Ich heiße Emanuel." Der junge Schwarze fügte hinzu:

„Der Junge ist Fußballer. Er sagt, er fahre nach Istanbul."
„Was suchst du dann hier?"
„Ich weiß es nicht. Fährt nach Istanbul, hat er gesagt... Chef... Ich habe ihn hier gesehen."

* * *

Sie befanden sich mitten auf dem Meer, aber sie konnten es weder sehen, noch die Seeluft einatmen. In welchen Strudel waren sie geraten? An welche Wolfsschlucht waren sie gelangt? Sie ahnten es nicht. Jeder war in seiner eigenen Welt gefangen, die immer größer wurde, aber ganz unbefleckt. Es würde ihnen inmitten dieser Schwingungen guttun, ein bisschen zu schlafen. Mahmut suchte sich einen Platz zwischen Şeydo und Emanuel, auf dem er sich ausstrecken konnte. Er schlief sofort ein.

Innere Reise

Die Reise ins Innere hatte von Neuem begonnen. Sie befanden sich vor einem eingestürzten Gebäude in der Geisterstadt, die durch das Bombardement in Schutt und Asche gelegt worden war. Şeydo fand es falsch, das Gebäude um diese Uhrzeit zu betreten, und sagte, es wäre besser, auf das erste Tageslicht zu warten. Mahmut hingegen erwiderte zum wiederholten Male, dass jetzt der richtige Zeitpunkt sei. Şeydo beugte sich vor so viel Hartnäckigkeit und folgte Mahmut ins Gebäude. Jedes Stockwerk war ein anderer Schutthaufen, aber das Innere war voller Menschen, die nach links und rechts wegrannten. Jedes Stockwerk, das sie hinaufstiegen, war noch furchteinflößender als das vorherige. Als sie ganz oben angekommen waren, konnte man die Hand vor Augen nicht mehr erkennen. Mahmut bekam Angst, wollte es sich aber nicht eingestehen. Als er die letzte Stufe zum obersten Stockwerk erklommen hatte, ertönte eine ohrenbetäubende Explosion. Mahmut wurde auf die Erde gerissen, gleichzeitig flog ein abgerissenes Bein durch den obersten Stock. Innerhalb von Sekunden verwandelte sich ihr Standort in einen See aus Blut. Şeydo sprang auf, um das Bein zu holen, und versank in diesem Blutsee. Mahmut wollte aufschreien, doch seine Stimme versagte. Er wollte sich bewegen, konnte aber nicht: Seine Füße waren wie gefesselt. Er reichte Şeydo die Hand, aber seine Hand war von Feuer umgeben. Er steckt seinen Kopf in das Meer aus Blut, und überall wurde er blutrot. Kurz darauf verwandelte sich die rote Farbe des Bluts in das Blau des Meeres. Alles wurde in gleißendes Licht und in Blau getaucht. Mahmut versagte der Atem, als müsste er ertrinken.

* * *

Als eine starke Hand ihn an der Schulter rüttelte, erwachte Mahmut außer Atem. Er war schweißgebadet. Şeydo nahm das Arabertuch, das er um den Hals trug, ab und half Mahmut, damit den Schweiß zu trocknen. Emanuel und die übrigen neuen Freunde schauten erstaunt zu.

„Hattest du schon wieder einen Albtraum?", fragte Şeydo.

Mahmut nickte. Gleichzeitig hörte er, dass zwei Mal an die Tür geklopft wurde. Sofort sprang er auf die Paletten und wandte sich der Öffnung zu.

„Hier bin ich, junger Mann... Erzähl!"

„Bruder, wir lichten bald die Anker. Wir werden lediglich zehn Personen von der Gruppe auf der anderen Seite der Insel an Bord nehmen... Die übrigen lassen wir dort."

„Aus wie vielen Personen besteht die Mannschaft des Schiffs?"

„Sechzehn."

„Kannst du mir eine Eisenstange besorgen?"

„Die befinden sich im Piek. Der ist abgeschlossen. Wenn ich drankomme, deponiere ich sie in der Toilette. Dort kannst du sie dann mitnehmen. Ich muss weiter. Wir reden später."

* * *

Als Mahmut die Paletten herabstieg, stieß er auf Hasibe. Neugierig und beunruhigt löcherte sie ihn mit Fragen.

Mahmut sagte:
„Warte mal... Warte... Hol doch mal Luft, beruhige dich! Bleibt immer in Şeydos Nähe. Und auf die Toilette geht ihr entweder mit mir oder mit Şeydo zusammen, ok? Das sind reine Vorsichtsmaßnahmen. Es ist nichts passiert. Haben wir uns verstanden?"
Auch wenn Hasibe es nicht recht glauben wollte, gelang es ihr, „Verstanden" zu sagen. Mahmut informierte auch kurz Samira und Emanuel darüber, wie es stand. Als er sah, dass sie sich Sorgen machten, versuchte er, sie zu beruhigen, indem er sagte: „Es ist nicht die Zeit, um sich zu sorgen."
Als Rahman begann, mit seinem Atem die Flöte erklingen zu lassen, drehte sogar das Baby, das gerade von seiner Mutter gestillt wurde, den Kopf zur Seite, um zu sehen, woher die Musik kam. Ein Tropfen Muttermilch rann das winzige Kinn entlang. Als der Säugling weitertrinken wollte, half ihm die Mutter dabei.
Dann trank er zum Klang der Hirtenflöte.
Hasibes Blick huschte wie ein Tischtennisball zwischen Mahmut und Emanuel hin und her. Neyire hatte ihren Kopf auf die Knie ihrer Schwester gelegt und zupfte an der Decke. Als Rahmans Melodie endete, öffnete sich die Tür. Der Maschinist warf einen schmutzigen Brotsack vom Treppenabsatz aus in Richtung der Decke in der Mitte des Raums. Mahmut dachte sich: „Der Mann ist nicht normal." Als sie kurz darauf bemerkten, dass sich das Schiff in Bewegung gesetzt hatte, zeichnete sich auf allen Gesichtern Freude ab. Dieses Mal verteilte Emanuel das Brot mit Hilfe seines neuen Freundes. Als er damit fertig war, kehrte er zu Mahmut und Şeydo zurück.

Sebastian

EIN EIGENARTIGER JUNGE

Es hatte Emanuels Aufmerksamkeit erregt, dass dieser junge Äthiopier seine Heimat verlassen hatte, in die Fänge der Schlepper geraten und nach Istanbul gebracht worden war. Dort hatte man ihm gesagt, dass er nicht in Istanbul sei, und nun glaubte der Äthiopier verbissen daran, nach Istanbul gebracht zu werden. Der Äthiopier war ein kräftiger, gesunder junger Mann. Sein muskulöser Körper zeigte deutlich, dass er Sportler war.

Oft entstehen aus solchen erzwungenen Reisen Freundschaften oder Hass, die bleiben. Gleichzeitig spielt auch der Zufall eine große Rolle dabei, ob bleibende Freundschaften oder Feindschaften entstehen. Ohne dass es diesem auffiel, beobachtete Emanuel den jungen Fußballer aus Äthiopien. Die Bescheidenheit, mit der er das Brot verteilte, und die liebevollen Blicke des jungen Kerls weckten in Emanuel das Bedürfnis, ihn näher kennenzulernen. Nach einer Weile sah er, wie der junge Äthiopier seinen Kopf mit dem Ellenbogen auf den Paletten abstützte und sich seinen fernen Träumen hinzugeben schien. Diese Gelegenheit nutzte er aus und ging zu ihm, um mit ihm ein paar Worte zu wechseln:

„Sebastian, du bist weit weg, oder?"
„Mhm."
„Du warst ganz vertieft in deine Träume und hattest so einen glücklichen Gesichtsausdruck, da konnte ich nicht anders, als dich anzusprechen."
Um Sebastian zu beruhigen, setzte er ein Lächeln auf. Diese ehrliche Nähe erwiderte Sebastian von Herzen. Voller Aufregung, als hätte er jemanden zum Reden gesucht, begann er, seine Freude zu teilen:
„Wenn ich nach Istanbul komme, dann werde ich jemand sein, um den sich alle Fußballteams reißen. Aber ich will bei Galatasaray spielen. Ich bin erst siebzehn... Ich werde berühmt werden."
Emanuel wollte eigentlich sagen, dass sie ja über Istanbul gereist waren und es jetzt hinter sich gelassen hatten, dann ließ er es aber auf sich bewenden. Er dachte einen Moment lang nach. Der Traum konnte nicht wirklich darauf beschränkt sein, Fußball zu spielen. Dass er von Äthiopien nach Istanbul kam und von dort aus – ohne den Schleppern Geld zu zahlen – auf dieses Schiff gekommen war, erweckte Zweifel. Dieser junge Mann war entweder ein professioneller Lügner oder er hatte Angst und verbarg etwas. Besorgt fragte Emanuel: „Kannst du mir das alles ganz von vorne erzählen? Wie haben sie dich entdeckt?", und fand damit einen sanften Einstieg. Sebastian begann mit einer ganz unerwarteten Offenheit zu plaudern:
„Ich bin in Kobo geboren und groß geworden. Ich spiele Fußball, seit ich denken kann. Eines Tages kam es zum Streit zwischen zwei Mannschaften. Ich brach mir zwei Finger der rechten Hand. Am Abend war die Hand ganz lila. In der Nähe unseres Hauses lebte ein versoffener Arzt,

da sind wir hingegangen. Er legte eine Metallschiene an und nahm trotzdem kein Geld von uns. Außerdem hat er mich überall untersucht. Er hat mir sogar Blut abgenommen, obwohl er meine Venen nur schwer gefunden hat. Als ich ihm erzählte, dass ich Fußball spiele, fragte er mich wo, und ich erzählte ihm, dass ich mit meinen Freunden eine Mannschaft gegründet hätte. Danach ist er zu jedem Spiel gekommen und hat zugeschaut. Eines Tages brachte er einen Typen mit und sagte, der sei Manager. Nach dem Spiel gingen wir zum Arzt nach Hause. Der Manager sagte zu mir, dass ich sehr gut Fußball spielen würde, und fragte mich, ob er mich zu einem Fußballclub in die Türkei schicken solle. Ich habe sofort zugesagt und gefragt, ob es Galatasaray sein könne. Er erklärte mir, dass das nicht so einfach sei, ich erst bei einem kleinen Verein anfangen und mich dann Schritt für Schritt zu den großen Vereinen hocharbeiten müsse. Damit das möglich wäre, müsse ich ein Dokument unterschreiben, das er mitgebracht hatte. Gemeinsam haben wir dann das Haus des Arztes verlassen. Unterwegs gab er mir fünfzig Dollar. Er sagte, dass er in einem Monat wiederkommen und mir dann viel Geld geben würde. Drei Tage später brachte mich der Arzt in eine Klinik. Ich brauchte einen kompletten Gesundheitscheck. Sie haben alles geprüft. Ich bin sehr gesund. Meine Eltern haben sich darüber gefreut.
Der Manager kam direkt zu uns nach Hause. Er sagte, dass er einen Club gefunden habe, sie sich auf fünfundzwanzigtausend Dollar geeinigt hätten und dass ein Fünftel davon sein Managergehalt sei. Wir haben laut aufgeschrien. Der Manager ließ mich den Vertrag unterschreiben. Als er ging, gab er mir einhundert und meinem Vater fünfhundert Dollar. Er sagte, das sei ein Taschengeld von ihm

persönlich. Nach zwei Wochen brachte er eine riesige Tasche mit. Darin waren Kleidung und Schuhe. Das brachte er mir alles mit. Mein Vater fragte sofort nach dem Geld. Der Manager antwortete, dass es das geben würde, sobald im Verein unterzeichnet worden sei. Zehn Tage später ließ er mich auf einem Frachtschiff an Bord gehen. Das haben sie deswegen so gemacht, damit die anderen Vereine mich nicht kidnappen konnten. Wir stachen in See. Der Schiffsarzt gab mir eine Medizin zu trinken. Er erklärte mir, dass erst mein ganzer Darm gereinigt und dann ein Vitalzäpfchen eingeführt werde, wie es sogar Messi verwende. Ein Mann, der im Hafen meinen Ausweis kontrollierte, brachte mich zu meinem Manager. Der erwartete mich in einem Mercedes. Neben ihm saß ein riesiger Typ mit dickem Bauch. Das war der Chef des Vereins. Sie wollten im Hotel mit einer kleinen Zeremonie den Vertrag unterzeichnen und mich dann nach Istanbul bringen. Das wurde so gemacht, damit mich die anderen Vereine nicht entführen konnten. Im Hotel unterzeichneten wir. Der Manager meinte, dass ich genug Energie getankt hätte und das Zäpfchen herausnehmen und in den Eimer im Bad werfen solle. Wenn der Vereinschef etwas merke, würde er glauben, mit mir stimme etwas nicht, und den Vertrag platzen lassen. Ich hatte große Angst, aber der Chef bekam nichts mit. Der Manager nahm meinen Pass an sich und erklärte mir, dass mich am nächsten Tag ein Fahrer abholen und ich mit einem anderen Schiff nach Istanbul reisen würde und alles abgeschlossen sei, sobald ich im Verein ankäme. Der Verein stellte mir sogar einen Ausweis aus..."

Als Sebastian seine Brieftasche aus der Gesäßtasche hervorzog, fiel ein gefalteter Umschlag auf die Erde. Erst zeigte er seinen Ausweis. Darauf stand in riesigen Buchstaben: „Mitgliederausweis des OKHANE TAYFUN SPORTVEREIN". Als er sich dann bückte, um den Umschlag aufzuheben, fragte ihn Emanuel, was sich darin befinde. Sebastian antwortete, dass darin das Rezept für das Vitalzäpfchen sei und er vergessen habe, es dem Manager auszuhändigen. Da nahm Emanuel es an sich, aber als er es nicht lesen konnte, reichte er das Rezept weiter:

„Da wollen wir doch mal sehen, was das für ein Vitalzäpfchen ist, das soll Mahmut uns doch mal vorlesen."

Er reichte Mahmut den Zettel. Als der auch nichts verstand, wanderte er weiter an Samira. Sie erklärte alles Şeydo, der das dann wiederum Mahmut erzählte.

Das Papier war eine Art Identifikationskarte, auf der die Karatzahl und der Reinheitsgrad eines wertvollen Minerals namens Painit verzeichnet waren. Das Ursprungsland war Myanmar, und die Endstation war, zumindest vorerst, Istanbul. Als Emanuel begriff, dass Sebastian keine Ahnung hatte, dass sein „Vitalzäpfchen" ein Edelstein war, freute er sich, dass er sich in dem jungen Äthiopier nicht getäuscht hatte. Gleichzeitig war er traurig, weil der junge Fußballer betrogen worden war.

In seinem eigenen Zeittunnel hatte es solche markanten Scheidewege oder Betrug nicht oft gegeben.

„War eigentlich die Verpflegung nicht beinhaltet bei dem Geld, das wir gezahlt haben?", fragte Mahmut.

„Manno, es hieß, dass wir fünfhundert für Verpflegung ausgegeben haben", antwortete Şeydo.

„Womit haben wir dann dieses altbackene Brot verdient?"

„Tja..."

***

Als sich die Tür erneut öffnete, rannten fünf, sechs Personen die Treppe hinab und kamen herein. Als der alte Schwarze neben den Menschen blieb und ihnen half aufzustehen, kam die Gruppe der Neuankömmlinge in Bewegung. Einer von ihnen fing an, etwas auf Englisch zu erklären, und sie hielten inne. Eine junge Frau wollte ihren Strohhut einer älteren Dame geben, die weiter hinten saß. Obwohl der Maschinist anfangs versuchte, das zu verhindern, gab er kurz darauf auf. Die alte Frau setzte sich den Hut bedachtsam auf, verknotete das Band unter ihrem Kinn und schaute die junge Frau dankbar an.

Es waren rund fünf Stunden vergangen und das Schiff warf die Anker aus. Offensichtlich hatten sie die „Insel, auf der kein Köter leben kann" erreicht. Hasibe war ganz aus dem Häuschen, weil sie bald ihre Mutter wiedersehen würde. Die Tür öffnete sich erneut bis zum Anschlag. Die Gruppe, die diesmal neu dazukam, war größer und trug Pumpguns mit abgeschnittenem Lauf bei sich. Zwei blieben gleich bei der Tür stehen, die anderen gingen direkt dorthin, wo sich die Gruppe Schwarzer niedergelassen hatte. Sie sprachen wieder Englisch und suchten fünfzehn Personen aus, die sie in einer Reihe aufstellten. Die Ungewissheit schürte die Angst und die ließ sie sich noch tiefer verkriechen. Kurz darauf kam die Gruppe wieder und trennte die Mädchen im Kindesalter von der Gruppe Schwarzer. Es gab zwar schwachen Widerspruch und Weinen, aber ohne große Gegenwehr verließen sie dann doch den Lagerraum.

Dort breitete sich Grabesstille aus. Beinahe hätte man sogar aufgehört zu atmen. Zu den unbeantworteten Fragen,

die sie beschäftigten, waren neue hinzugekommen. Die Antworten auf all diese Fragen kannten nur zwei Personen, doch die hatten ganz andere Fragen im Kopf, die sie beantwortet haben wollten.
Mahmut sprang auf und ging schnell zu dem Rohr, das hinter den Paletten die gesamte Bordwand entlang nach oben führte. Alle beobachteten ihn dabei neugierig. Mahmut prüfte das Rohr. Er sah, dass es mit Rohrschellen befestigt war, um es zu stabilisieren. Er rief Emanuel zu sich, und ohne weitere Erklärung verlangte er von ihm, dass er die Paletten übereinander stapeln sollte. Nachdem er darauf hochgeklettert war, konnte er gerade eben so die Rohrschellen erreichen und erkannte, dass er die Schrauben nicht lockern konnte. Emanuel musste denselben Gedanken gehabt haben und löste Mahmut ab. In dem Moment, in dem sich die Flügelschrauben leicht bewegen ließen, bemerkten sie, dass vor der Tür etwas in Bewegung geraten war. Also sprangen sie von den Paletten und ließen sich auf ihren Plätzen nieder.

* * *

Als sich die Tür öffnete, kam der Erste Offizier mit seinen Männern herein, ging direkt auf die Gruppe der Neuankömmlinge zu und redete mit ihnen auf Englisch. Demnach war in einem anderen Teil des Schiffs Platz für fünfzehn Personen, und wer wollte, würde dorthin begleitet werden. Aber noch wichtiger wäre, dass vor allem Verwandte von jenen, die zuvor abgeholt worden seien, mitkämen.
Emanuel flüsterte Mahmut ins Ohr:
„Sie bringen weitere fünfzehn Personen weg."
Mahmut antwortete ihm: „Ihr sprecht dieselbe Sprache,

sag ihnen, dass niemand mitgehen soll!" Emanuel sagte den Leuten, dass sie da bleiben sollten, aber die syrische Großfamilie und einige andere gingen trotzdem vor. Als Emanuel zu dem Grüppchen gehen wollte, stellten sich ihm die Männer des Kapitäns in den Weg. Gleichzeitig kam es zu einem kleinen Tumult mit den Syrern. Die Männer des Ersten Offiziers gingen dazwischen und nahmen erst die Syrer mit, dann suchten sie aus den restlichen Leuten aus, wen sie außerdem wegführen wollten.
Mahmut sagte zu Emanuel, der nicht verstand, was vor sich ging, dass er ihm später alles erklären würde. Und dass sie jetzt Ruhe bewahren und zuerst die Schrauben am Rohr lösen müssten.

***

Şeydo und Mahmut brachten ihre eigene kleine Gruppe zusammen und erzählten, was auf dem Schiff vor sich ging. Şeydo versuchte, das Gesprochene für Samira zu übersetzen.
„Wir haben noch drei Tage vor uns. In diesen drei Tagen müssen wir versuchen zu überleben, egal was passiert, und aufeinander aufpassen", erklärte Mahmut. Als er sagte, dass er die Neuankömmlinge später informieren wolle, widersprach Şeydo:
„Mein Bester, das geht nicht. Auch sie haben ein Recht darauf, ihre Lage zu kennen. Außerdem sind wir mit ihnen zusammen stärker."
„Du hast doch eben gesehen, wie wenig man sich auf sie verlassen kann. Deswegen sollten wir jetzt noch nichts sagen, meinte ich. Wenn wir eine bestimmte Stufe erreicht haben, werden sie sowieso erfahren, was Sache ist."
„Mahmut, mein Bruder... Ich verstehe dich ja. Aber das

wäre eine faule Sache. Sieh mal – glaubst du wirklich, dass es denen nicht auffallen würde, wenn wir etwas unternehmen würden? Bist du so naiv, mein Herz? Was würde passieren, wenn sie es mit der Angst zu tun bekommen und uns an die Crew verraten?"

„Dann machen wir es eben folgendermaßen: Emanuel, du redest noch einmal mit den Leuten. Aber geh dabei nicht in die Details. Sag nur, dass wir dem Personal hier auf dem Schiff nicht trauen und dass wir vorsichtig sein sollten. Dann werden wir ja sehen, wie sie reagieren. Wir könnten vielleicht auch mit Hilfe dieses jungen Fußballers in Erfahrung bringen, was sie denken."

Nach diesem Gespräch rief Emanuel seinen neuen Freund zu sich und stellte Fragen über die Gruppe. Als er fertig war, wandte sich Emanuel an Mahmut und sagte:

„Diese Kerle haben Dreck am Stecken. Sie haben die anderen hierher gebracht", und auf Sebastian zeigend fügte er hinzu: „Und der denkt, dass wir nach Istanbul reisen... Sebastian wird mit den anderen reden."

„Das soll er dann tun. Wir sollten es verhindern, dass die drei Männer mit der Crew alleine sind. Wir sollten immer dabei sein."

Emanuel erklärte alles dem jungen Fußballer. Obwohl sich auf dem Gesicht des jungen Mannes Angst abzeichnete, hörte er nickend zu, wie ein Kind, das seinem Vater lauscht. Als Emanuel mit seinen Erläuterungen fertig war, ging der junge Fußballer zu seinen Freunden und erklärte ihnen, worum es ging. In die Gruppe kam Bewegung. Aber lange hielt das nicht an.

Stolz, seine Aufgabe erfüllt zu haben, holte der junge Fußballer zwei Bananen aus seiner Tasche, die auf der Decke lag, und kehrte zu Emanuel zurück. Eine der Bananen reichte er Neyire, die andere Rahman.

Nachdem der Fußballer erzählt hatte, worüber sie gesprochen hatten, drehte er den Kopf und gab der Gruppe ein Zeichen. Daraufhin gesellten sich vier, fünf Leute mehr zu ihnen, darunter auch Emanuels Freundinnen. Nachdem er mit ihnen gesprochen hatte, informierte er Mahmut.
Er sagte, dass die anderen aus Angst nicht dazukämen, aber zugesagt hätten, Stillschweigen zu bewahren und mit den Schleppern nicht an einem Strang zu ziehen. Während er noch weiterredete, klopfte jemand das Geheimzeichen an der Tür. Mahmut kletterte daraufhin sofort auf die Paletten, hielt sein Ohr an das Loch und flüsterte:
„Schieß los, mein junger Freund."
„Bruder, ich habe über Funk mitgehört, dass gegen Morgen ein Arzt kommen soll. Er wird fünf Personen mitnehmen, zwei davon sollen Kinder sein. Es werden nur Gesunde ausgewählt. Ich muss jetzt weiter. Ok?"
„Jetzt warte mal... Sind Schlösser an den Belüftungsschächten angebracht?"
„Nein, da ist nur ein Riegel. Warum fragst du?"
„Dann schieb den Riegel zur Seite. Aber lass nichts offen rumliegen, damit es nicht auffällt. Ok?"
Der junge Mann versank in tiefes Schweigen. Man konnte ihn lediglich atmen hören. Mahmut sprach beharrlich weiter zu ihm:
„Junger Mann, ist das ok?"
Und noch einmal sprach er ihn an:
„Junger Mann, sag bitte, dass das in Ordnung geht, ja?"
Der junge Mann konnte der Hoffnungslosigkeit in Mahmuts Stimme nicht mehr standhalten. Er konnte diese Hoffnungslosigkeit nachvollziehen.

„Bruder, ich kann nicht... Wenn sie es bemerken, bringen sie mich um!"

„Ach komm! Wenn sie etwas bemerken, dann sagst du einfach, dass wir keinen Sauerstoff mehr hatten. Vielleicht kassierst du ein paar Prügel, aber immerhin wirst du das Leben der Leute hier gerettet haben."

Dass der junge Mann geantwortet hatte, schenkte Mahmut Kraft, und er blieb beharrlich:

„Komm schon, junger Mann!"

Es kostete noch einige Mühen, bis der junge Mann sich bereit erklärte, dass er die Riegel öffnen würde, bevor er endgültig verschwand. Mahmut erklärte der Gruppe, dass sie bis zum Morgen Zeit hätten.

Kurz darauf öffnete sich die Tür erneut. Sie wickelten Rahman und Neyire in Decken und brachten sie in den hinteren Teil des Lagers. Wie der junge Matrose gesagt hatte, wurden fünf Personen aus der Gruppe der Neuankömmlinge ausgewählt und weggebracht. Der Maschinist ließ seine Zunge zwischen den gelben Zähnen über seine Lippen wandern und warf Hasibe Luftküsse zu.

Der Kapitän, der das alles von oben aus beobachtet hatte, sagte zum Ersten Offizier:

„Die Kleine hatte doch eine kleine Schwester. Was ist mit der?"

Als der Erste Offizier fragend schaute, sagte er streng und noch deutlicher:

„Hol später das Mädchen und ihre Schwester. Ach ja, und vergiss den Jungen nicht, der Hirtenflöte spielt. Das kleine Mädchen bringst du zu mir, die Kinder bringst du in den Kettenkasten."

Das Schiff fuhr mit halber Kraft und war dabei geräuschlos wie ein Sarg, der auf dem Wasser schaukelt. Rahman und Neyire krochen aus ihren Decken und fingen an, zu spielen und die Zeit zu genießen.
Später hauchte Rahman der Weidenflöte Leben ein, nachdem Mahmut ihn darum gebeten hatte. Die Menschen, die aus ihren unterschiedlichen Welten losgerissen worden waren und die Segel gehisst hatten, um in dieselbe neue Welt zu gelangen, die keine gemeinsame Sprache hatten, fanden sich in den Weisen zusammen, denen dieses kleine Kind Leben einhauchte. Der Ton der Hirtenflöte umwehte die verschiedenen Individuen wie ein Hauch aus dem Paradies.
Als die Tür geräuschvoll geöffnet wurde, sank wieder die Stille der stummen Nacht auf den Lagerraum nieder. Die Stille wurde von den Schritten der Kommenden durchbrochen. Es erschien der Erste Offizier, gefolgt vom Intendanten und einem sinistren Typen, der sich mit seiner Kalaschnikow in der Hand im Türrahmen positionierte.
Mahmut machte Emanuel ein Zeichen, dass er neben diesem Kerl an der Tür warten solle. Diesmal gingen die Eindringlinge direkt zu Hasibe. Der Erste Offizier beugte sich zu ihr hinab und flüsterte ihr höflich etwas ins Ohr. Als Samira für Şeydo übersetzte, hatten Emanuel und Mahmut schon längst ihre Stellung bezogen. Sebastian hatte sich direkt hinter Mahmut gestellt und wartete ab. Şeydo versuchte, Zeit zu gewinnen, indem er etwas redete: „Der Kapitän ruft Hasibe, ihre Schwester und Rahman zu sich. Er möchte ein bisschen der Weidenflöte lauschen und weil Hasibe und Neyire Türkinnen sind, will er ihnen etwas entgegenkommen und ihnen eine Kajüte geben!"

Hasibe nahm ihre kleine Schwester und Samira Rahman in den Arm. Der Maschinist wandte seinen Blick nicht einmal für einen kurzen Moment von Hasibe ab und belästigte sie weiter. Nach einem Handzeichen des Ersten Offiziers setzte sich auch der andere Typ in Bewegung. Samira sagte, dass sie das nicht akzeptieren und den Lagerraum nicht verlassen würden, bis sie in Italien angekommen seien. Plötzlich packten die Männer Hasibe an den Händen. In dem Moment, in dem Mahmut dem Intendanten einen Kinnhaken verpasste, sprang Emanuel unter den Treppenstufen hervor und versuchte, dem anderen Kerl die Waffe zu entreißen, indem er an ihrem Lauf zerrte. Der Typ geriet ins Schwanken, ließ aber weder von der Waffe ab, noch stürzte er. Genau in diesem Moment kam er ungewollt an den Abzug.

Es ertönte ein ohrenbetäubender Knall und eine leere Patrone schoss aus der Waffe. Sie drehte sich, umhüllt von einer Rauchwolke, in der Luft und auch dann noch weiter, nachdem sie auf dem Metallboden aufgeschlagen war. Die Welt drehte sich, die Zeit drehte sich und ebenso auch die Kugel, die mit einem Feuerblitz aus dem Lauf des Gewehres geschossen kam.

Diese Kugel drehte sich weiter, während sie die gelbgraue Jacke, die wollene Weste und das graue Hemd mit dem Stehkragen durchschlug, bis sie den frischen Teint erreichte.

Die Laute, die der Hirtenflöte Leben einhauchten, verklangen Als Samira an ihren Händen eine warme Feuchtigkeit spürte, war Rahmans Köpfchen nach hinten gesackt und seine Augen starrten Samira an. Mahmut und Şeydo hatten noch nicht einmal ihre Waffen gezückt. Sie blieben

wie angewurzelt stehen. Samira war im Schock. Ihr Schrei tönte über das Meer und wieder zurück. Dieser Schrei war wie eine Flut, die alles, was ihr in die Quere kommt, verschluckt. Aber es war nur Samira selbst, die davon verschluckt wurde. Sie brach zusammen. Sie zog Rahman auf ihre Knie, wie man ein frisch eingeschlafenes Baby vorsichtig in die Wiege legt, um es nicht zu wecken. In dem Moment waren ihre Augen ausgetrocknet. Sie erlebte den Tod im Leben. Jeder Schmerz verbleibt im Schatten des darauffolgenden. Aber dieser Schmerz würde keinen Schatten mehr haben. Es gab nichts, was diesen Schmerz überdauern konnte:
„Bleib bei mir, mein Sohn. Du bist der einzige Grund, warum ich all diese Schmerzen überstanden habe. Verlass mich nicht...", hörte man sie klagen.

***

Nach einer kurzen Verwirrung waren der Erste Offizier und seine Leute wieder zu sich gekommen. Der fiese Typ richtete seine Waffe auf die Menge, dann packten sie Hasibe und ihre Schwester und rannten weg.
Sie erreichten einen langen, verdreckten Flur und blieben vor einer Tür stehen, die mit einer Kette gesichert war. Das musste der Ort sein, den sie als Kettenkasten bezeichneten. Neyire weinte, Hasibe versuchte, ihre Schwester, die vor ihr hergezerrt wurde, zu beruhigen. Der Maschinist suchte den passenden Schlüssel von seinem Bund und öffnete das Vorhängeschloss. Das Geräusch, das ertönte, als er das rostige Schloss durch den Ring zog, erinnerte an einen mittelalterlichen Kerker. Hasibe versuchte, sich zu beruhigen,

weil sie ihre Schwester dabei hatte. Das Licht, das durch den Türspalt drang, verschwand in den schwarzen Augen. Der Maschinist packte Neyire am Arm und warf sie in die Kammer. Aus dem Inneren drang ein intensiver Gestank nach Rost und Schweiß. Als Hasibe begriff, dass man sie nicht in den Kettenkasten sperren würde, begann sie, zu schreien und um sich zu schlagen. Sobald der Maschinist die Tür verschlossen hatte, zerrte er Hasibe an den Haaren und begann mit seiner nach Eiter stinkenden Zunge ihren Hals zu lecken. Als der Kapitän die Treppe herunterkam, sah er, was der Maschinist tat und wie Hasibe sich wehrte. Er entriss sie dem Intendanten unter lautem Fluchen und spuckte ihm eine schleimige Masse ins Gesicht. Dann wandte er sich an den Öler:
„Bring die Dame bitte in meine Kajüte. Ach, und frag sie, Junge, ob sie einen Wunsch hat."
Der Öler packte Hasibe mit seinen Pranken, die fest wie ein Schraubstock waren, am Arm und führte sie in Richtung der Kajüte des Kapitäns, während der Erste Offizier anfing zu berichten, was geschehen war. Nach kurzem Schweigen gab der Kapitän seine letzten Befehle:
„Heute Morgen sind wir den Arzt doch auch losgeworden. Sobald wir das offene Meer vor Reggio erreicht haben, setzen wir uns hier ab. Lasst die Türen ab jetzt geschlossen."
Der junge Matrose hatte, als er aus der Kombüse kam, alle Gespräche mitgehört. Sobald der Kapitän fort war, rannte er zum Lagerraum und klopfte an die Tür. Kurz darauf sprach er mit Mahmut. Der hörte ihm gar nicht zu und erzählte, dass Rahman von einer Kugel getroffen sei und sie Verbandsmaterial brauchten, um die Blutung zu stillen. Der junge Matrose antwortete:

„Ich werde alles durch das Belüftungsrohr werfen, in Ordnung?“
Danach erzählte er alles, was er kurz zuvor gehört hatte, und ging weg.
Kurz darauf öffnete sich die Klappe des Belüftungsrohres, unter dem sie saßen, und es fielen zwei Erste-Hilfe-Taschen sowie eine Tüte mit Gaze und Watte herab.
Şeydo gab alles, um Samira aufzubauen. Samira war wieder zu sich gekommen und versuchte, sich zu sammeln. Einer von Emanuels Freunden wollte auch helfen. Wenngleich Samira ablehnte, winkte Şeydo ihn mit einer Handbewegung hinzu. Es war eine Reaktion Samiras auf Emanuels Verhalten, aber gegen Şeydo wollte sie sich nicht stellen.
Emanuel war unter der Treppe, wo er zusammengebrochen war, kaum zu sehen. Je mehr sein Schuldbewusstsein anschwoll, desto kleiner schien er zu werden. Kurze Zeit später begann er zu weinen. Mahmut ging hin und setzte sich zu ihm. Er erklärte, so viel er konnte, und Emanuel verstand, so viel ihm möglich war.
Dann stand er auf und reichte Emanuel die Hand. Emanuel ergriff die Hand des Freundes und führte sie an sein Herz. Dann erzählte er, was zuletzt geschehen war, drehte sich um und rief Sebastian. Mit Hilfe der Paletten entfernten sie das Rohr wieder und gingen zum Lüftungsschacht. Sie montierten die Mutter ab und steckten das Rohr hinein, dann war Emanuel der Erste, der hineinkletterte. Ihm folgten Mahmut und Sebastian. Das Scharnier war leicht verschoben, ein rostiges Quietschen dröhnte ihnen in den Ohren. Zwei Wachposten drehten sich in die Richtung, aus der das Geräusch kam. Emanuel machte die Klappe wieder zu, doch die beiden näherten sich weiterhin. In

dem Moment, in dem sie erkennen konnten, dass der Verschluss nicht mehr verriegelt war, stellte der junge Matrose flink die Dose mit Schmierfett ab. Beide Wachposten drehten sich, als sie das Geräusch hörten, wütend zu ihm um und brüllten:
„Verdammt, was machst du hier?"
„Der Erste Offizier wollte, dass ich die Belüftungsklappen schmiere."
Die Wachposten brachen in Gelächter aus. Dann gingen sie, ins Gespräch vertieft, davon:
„Der verdammte Bastard hat den Sack verarscht. Den Spaß wollen wir ihm doch nicht verderben! Bald wird es in Strömen gießen, ein Sturm wird losbrechen und dieser Depp ist mit Schmieren beschäftigt!"
Als die beiden Wachposten abgezogen waren, öffnete der junge Matrose die Klappe. Alle drei kamen an Deck. Mahmut fragte, wie viele Personen insgesamt da seien. Die beiden Wachposten, die Richtung Heck gingen, waren schnell überwältigt und gefesselt. Der junge Matrose knebelte sie mit seiner Putzwolle. Dann nahmen sie ihnen die Funkgeräte ab, um herauszufinden, wo der Rest der Crew war. Der junge Matrose war ihre größte Hilfe und konnte ihnen den Weg weisen. Kurz darauf begann der Regen und das Meer wogte. Es schien fast, als würden Blitz und Donner darum konkurrieren, die Nacht in ein Chaos zu verwandeln. Der Lärm, der aufgrund anderer Ursachen entstehen konnte, würde also von Blitz und Donner übertönt werden.

***

Der junge Matrose blieb vor einer Klappe stehen, öffnete sie und erklärte, dass das ein Seiteneingang zum Maschinenraum sei, der selten benutzt werde. Nacheinander stiegen

sie die Treppe hinab auf das Mitteldeck und erreichten den Teil, der von unten einsehbar gewesen war. Mahmut zeigte auf eine verriegelte Tür:
„Was befindet sich dahinter?“, fragte er.
„Nichts“, antwortete der Matrose. „Da sind Maschinenteile und Werkzeuge. Das gehört hier alles zum Schiffsmotor. Den Schlüssel hat der Schiffsmechaniker.“
Während er weiterredete, bemerkten sie, dass ein mit einer Kalaschnikow bewaffneter Riese und der Schiffsmechaniker die Metalltreppe auf das Mitteldeck herunter kamen. Mahmut und seine Freunde versteckten sich sofort. Als Sebastian sich auf die Erde duckte, stieß sein Ring auf den Metallboden.
Der Riese hörte das Geräusch und wandte sich sofort in die Richtung, aus der es gekommen war. Mahmut lud seine Waffe. Als die Schritte immer näher kamen und sie plötzlich Auge in Auge mit dem Riesen waren, betätigte er, ohne zu zögern, den Abzug. Durch die Kugel, die ihn am Kopf getroffen hatte, geriet der Riese ins Schwanken, sein ganzer Körper verkrampfte, dann fiel er um wie ein Mehlsack. Während er zu Boden ging, löste sich aus seiner Waffe ein Schuss. Die Kugel prallte am Metallboden ab und streifte Mahmut am Arm. Der Schiffsmechaniker, der alles mit Schrecken verfolgt hatte, versuchte in Panik zu fliehen. Der junge Matrose hinderte ihn daran, indem er ihm mit dem langen Stil des Wischmops ein Bein stellte. Nachdem der Schiffsmechaniker zu Boden gegangen war, lehnte der Matrose ihn an den Rücken und fesselte ihn mit einer Schnur an den Wischmop. Während er ihn auf diese Art unschädlich machte, schien es, als würde er sich damit für alles, was er erlitten hatte, rächen. Er nahm dem Schiffsmechaniker den Schlüssel ab und reichte ihn Mahmut. Kurz darauf öffneten sie die Tür und warfen die Leiche des Riesen und den Mechaniker hinein.

***

Als sie aus dem Maschinenraum kamen, erklärte Mahmut, dass er sich aus der Kombüse ein stabiles Messer holen wolle. Der junge Matrose erklärte, dass der Koch den ganzen Tag betrunken sei, aber die Kombüse nie verlasse und es ziemlich schwer werden würde, ein Messer zu ergattern, ohne dass er es bemerke. Daraufhin nahm Mahmut die Waffe vom jungen Matrosen und gab sie Emanuel.
„Weißt du, wie man so etwas benutzt?“, fragte er.
Emanuel gab zu, dass er noch nie eine Waffe in der Hand gehalten habe und so etwas nur aus dem Fernsehen kenne. Mahmut gab ihm eine kurze Einweisung, dann lud er die Pistole mit den Worten:
„Diese hier ist bereit. Sobald du den Abzug betätigst, schießt sie. Ok? Jetzt soll unser junger Freund hier euch zeigen, wo die Küche ist. Von dort besorgt ihr euch ein paar kräftige Messer und kommt wieder zurück.“

***

Als sie die Küche erreichten, stand der Smutje an der Arbeitsfläche und schnitt Zwiebeln, gleichzeitig genehmigte er sich einen großen Schluck aus der Pulle. Aus seinen Bewegungen konnte man schließen, dass er betrunken war. Obwohl er eine Schürze trug, waren seine Klamotten in Öl getränkt. Während er den nächsten tiefen Schluck aus der Flasche nahm, konnte er sich ein Niesen nicht verkneifen. Als würde er es mit Absicht tun, wandte er seinen Kopf genau in diesem Moment dem Topf zu, der auf dem Herd stand. Als er gerade mit seinem Handrücken den Rotz von seiner Nase wischte, standen plötzlich die beiden jungen

Schwarzen vor ihm. Der Schiffskoch stieß einen Schrei aus. Die beiden Schwarzen schrien ebenfalls auf, dann rannten sie in die entgegengesetzte Richtung davon. Als der Koch sich umdrehte, bemerkte er, dass auch die beiden jungen Männer Fersengeld gegeben hatten. Wie ein Schwerlaster, der plötzlich in die Bremsen steigt, blieb er stehen, drehte sich um und schwang das Hackmesser, das er gerade in Händen hielt. Mit einer Agilität, die in krassem Kontrast zu seinem Alter und seiner Fettleibigkeit stand, rannte er ihnen hinterher:

„Hey, nicht weglaufen, verdammt! Ihr vermaledeiten Diebe! Wollt ihr nicht eure Schwänze in der Hand halten, damit ihr mal sehen könnt, was Diebstahl ist?", brüllte er ihnen hinterher.

Er hatte gerade die Tür der Kombüse erreicht, da erinnerte sich Emanuel an die Waffe in seiner Tasche. Er zückte sie und zielte auf den Koch. Der schwang das Messer und begann, noch schneller zu laufen. Als Sebastian mit einer Kopfbewegung Emanuel warnte, fiel sein Blick auf dessen Hände. Er hatte die Waffe am Lauf gepackt! Aufgeregt und ängstlich brachte er das in Ordnung und drückte ab. Die Kugel streifte die Pfannen, die an der Wand aufgehängt waren, und einen Metallschrank, dann traf sie den Smutje in seinen fetten Oberschenkel. Gleichzeitig schien es, als würden dem Getroffenen die Augen aus den Höhlen herausspringen. Mit seiner leeren Hand fasste er sich an den Oberschenkel, und als er die Feuchtigkeit spürte, ließ er sich auf den Boden fallen und rief:

„Das ist Blut! Du hast mich getroffen!" Mehr konnte er nicht mehr sagen, bevor er ohnmächtig zusammenbrach.

Nach einer kurzen Schrecksekunde schnappten sich die beiden zwei Messer und das Hackmesser, das der Koch noch in Händen hielt, und verließen die Küche.

***

Nach langen Bemühungen war es Samira gelungen, die Blutung zu stoppen. Aber Rahman hatte viel Blut verloren.
„Gott sei Dank, ich konnte die Blutung stoppen. Danke dir, Şeydo, danke!", sagte sie mit müder Stimme.
Dann fiel sie Şeydo um den Hals und brach weinend zusammen. Şeydo versuchte, sie zu trösten, während er gleichzeitig mit seinem Tuch ihren Schweiß und ihre Tränen trocknete.
Während eine der schwarzen Frauen aufräumte, sagte sie zu Samira:
„Ruh dich ein bisschen aus. Ich bin da. Falls etwas passiert, wecke ich dich sofort."
Samira bedankte sich bei der Frau. Aber obwohl auch Şeydo sie dazu überreden wollte, sich auszuruhen, blieben ihre Bemühungen vergeblich. Samira wollte bei ihrem Sohn wachen.

***

Der junge Matrose deutete auf Mahmuts blutenden Arm:
„Bruder, oben gibt es einen Arzneischrank. Lass uns da hingehen und deine Wunde verbinden."
„Nicht nötig", antwortete Mahmut, „das ist doch nur ein Kratzer."
Als der junge Matrose beharrlich blieb, ließ Mahmut sich doch noch überreden, seine Wunde zu verbinden. Als sie bemerkten, dass die Tür neben dem Arzneischrank zum

Kettenkasten führte, bat er den jungen Matrosen, schnell mit anzufassen.

Während sie sich an der Tür zu schaffen machten, hörten sie aus dem Inneren Weinen und Wehklagen. In solchen Momenten wird die Zeit unerträglich, jede verlorene Sekunde scheint sich in ein Tor zur Hilflosigkeit, zur Hoffnungslosigkeit zu verwandeln.

Sie hatten die Gefahr, in welcher sie schwebten, noch nicht bemerkt, doch sie waren sich bewusst, im Rennen gegen die Zeit zu sein.

Sie sahen den Intendanten, der mit Broten beladen auf sie zukam, in der ganzen Aufregung nicht. Aber dieser hatte die beiden, die sich an der Tür zu schaffen machten, sofort bemerkt. Er ging in Habachtstellung, zückte sein Springmesser und ließ die Klinge herausspringen. Als Mahmut und der junge Matrose sich in die Richtung umwandten, aus der das Geräusch gekommen war, war das riesige Gesicht des Intendanten direkt vor ihnen.

Er rammte dem jungen Matrosen sein Messer mit aller Kraft in den Bauch. Als er ein zweites Mal zustechen wollte, verdrehte Mahmut ihm das Handgelenk. Nach einem kurzen Gerangel ging er erst auf die Knie, dann brach der Maschinist langsam zusammen.

Als Emanuel und Sebastian mit ihren Messern auftauchten, versuchte Mahmut gerade, den jungen Matrosen auf seinen Schoß zu nehmen.

Aufgeregt rief er: „Na los, jemand muss ihn in den Lagerraum bringen."

Während Sebastian den Verletzten schulterte und davontrug, reichte Mahmut Emanuel ein Dutzend Schlüssel,

die er dem Intendanten aus der Tasche gezogen hatte. Er packte den Sterbenden an den Haaren und fragte ihn, wo das türkische Mädchen sei.
„Kapitän... Kajüte... da", konnte er mit letzter Kraft hauchen. Als er den halben Satz gesprochen hatte, begann Blut aus seiner Nase und seinem Mund zu fließen. Die Zeit wurde Zeuge, wie ein weiterer Mensch an seinem eigenen Blut erstickte.
Emanuel probierte mehrere Schlüssel aus, als sich endlich die Tür öffnete. Sie entdeckten nicht nur die Kinder, sondern auch ein, zwei Erwachsene. Als Neyire Mahmut sah, fiel sie ihm um den Hals.
Emanuel sagte zu den Erwachsenen, dass sie zusammen mit den Kindern in den Lagerraum gehen sollten.

***

Sebastian war ganz außer Atem. Aus dem jungen Matrosen pulsierte das Blut. Er legte ihn auf eine Decke. Şeydo berührte Samira, die neben Rahman eingenickt war, sanft an der Schulter. Hektisch sprang sie auf und fühlte Rahmans Puls, um dann festzustellen:
„Gott sei Dank, er lebt." Dann wandte sie sich an Şeydo und fragte: „Was ist los?"
Ohne seine Antwort abzuwarten, sah sie sich im Raum um und entdeckte den jungen Matrosen, der aus dem Bauchraum blutete. Sie erschrak erneut. Sebastian erklärte mit knappen Worten, was passiert war und dass der Verletzte versucht hatte, ihnen zu helfen. Samira warf einen Blick auf das Erste-Hilfe-Material. Obwohl sie wenig Hoffnung hatte, wusste sie, dass man es bis zum letzten Moment versuchen musste. Sebastian stieg die Treppe zurück nach oben und schloss die Tür hinter sich.

***

In dem Moment, in dem Sebastian den Flur erreicht hatte, sah er drei Bewaffnete vom Oberdeck nach unten kommen und rief Manuel, der mit dem Rücken zur Treppe gewandt war, zu:
„Pass auf, hinter dir!"
Im selben Moment fand Sebastian sich im Kugelhagel wieder. Sebastian verabschiedete sich von der Welt, die er mit seinen Träumen ausgekleidet hatte und in der er hatte Fußballer werden wollen. Es schien, als würde er sich nach einem Tor, das er im Trikot von Galatasaray geschossen hatte, auf die Knie fallen lassen und sich unter dem Jubel seiner Fans mit weit geöffneten Armen auf dem Grün ausstrecken.
Als sich die Männer des Kapitäns umgedreht und auf Sebastian geschossen hatten, hatte Mahmut das Feuer auf sie eröffnet. Da sie so unvorbereitet unter Beschuss geraten waren, gerieten die Männer in Panik. Zwei waren sofort außer Gefecht gesetzt, einer war verletzt und wälzte sich auf der Erde. Mahmut rannte sofort die Treppen nach oben, verschloss die Tür und schob den Riegel vor.
„Emanuel", rief er. „Wir müssen sofort die Kajüte des Kapitäns finden!"
Mahmut rannte voraus, gefolgt von Emanuel. Sie kontrollierten jede einzelne Tür. Einige waren offen, andere verschlossen.
Als sie die Kajüte des Kapitäns gefunden hatten und eintraten, entdeckten sie Hasibe, die sich ängstlich hinter einem Safe an der Wand versteckt hielt und abwartete, was geschehen würde. Als sie Mahmut und Emanuel sah, sprang sie auf und fiel Mahmut um den Hals.

„Meine Schwester... Meine Schwester, sie haben meine Schwester, Mahmut. Bitte, wir müssen sie retten."
„Jetzt warte mal, beruhige dich. Wir haben deine Schwester und die anderen Kinder gerettet. Sie sind alle im Lagerraum", sagte Mahmut.
Aus dem Funkgerät hörte man den Kapitän brüllen.
Obwohl er keine Antwort erhielt, ließ er weiter seine mit Flüchen gespickten Befehle herabprasseln. Mahmut sagte zu Hasibe, dass sie sofort in den Lagerraum gehen solle.

***

Trotz ihrer Bemühungen konnte Samira die Blutung nicht stillen. Auch Hasibe sah, wie sich der junge Matrose ein letztes Mal in Schmerzen wand und starb.
Was war das nur für ein Albtraum? Während sie ihre Schwester wohlbehalten wiederfand, wurde sie Zeugin vom Tod eines anderen Menschen. War das ein Albtraum oder das Leben selbst? Samira war blutüberströmt und ihr gefrorener Blick fiel auf Rahman.
Şeydo breitete eine Decke über den jungen Matrosen, und die schwarze Frau sammelte die blutverschmierten Tücher auf. Die geretteten Kinder fielen den Leuten in die Arme.

***

Als Mahmut und Emanuel das Hauptdeck erreichten, hatte starker Regen eingesetzt. Sie sahen, dass zwei Leute versuchten, die Beiboote herabzulassen. Lautlos schlichen sie sich an und berührten sie dann an den Schultern. Sobald sich die Leute umdrehten, kassierten sie einen Kinnhaken und fielen ins Meer. Zwei Wächter, die, von ihren Schreien angelockt, angerannt kamen, konnten es nicht mehr verhindern, dass die Beiboote, deren Riemen gelockert waren, auf sie hinabstürzten. Die Wächter unter den Booten zückten ihre Waffen. Mahmut und Emanuel rannten die Stiege zur Brücke hinauf und hatten sich gerade angeschickt, aus dem Hinterhalt zu schießen, als sie einen weiteren Wächter entdeckten. Sie hörten einen Schuss, dann zog eine Kugel an ihnen vorbei und traf den Wächter mitten ins Herz. Er wurde zu Boden gezogen. Sie sahen auf den Mann, der auf Deck erschienen war und dahin, von wo aus auf ihn geschossen worden war. Langsam tauchte die Person, die sich hinter der Tür versteckt hatte, auf. Şeydo ignorierte, dass ihm sein Bein nicht ganz gehorchte, und grüßte die beiden mit einem schelmischen Gesichtsausdruck.

Bevor der Kapitän seine Waffe zücken konnte, sprang Mahmut wie eine Katze auf, packte ihn und schlug mit aller Kraft auf ihn ein. Als der geprügelte Kapitän zu Boden ging, wurde er getreten. Während er seinen letzten Atemzug tat, zerstörte der Kapitän zwei Teile, die er in Händen gehalten hatte, als wüßte er, was ihm bevorstand. Eilig holten sie den Ersten Offizier auf die Brücke, der ihnen erklärte, dass es sich bei dem zerbrochenen Teil um die Pinne handle.

„Was heißt ‚Pinne', wofür braucht man die?"

„Als Pinne bezeichnet man den Hebel aus Holz oder Metall, mit dem das Ruder bedient wird."

„Was bedeutet das?"

„Das bedeutet, dass das Boot ohne dieses Teil nichts wert ist."

„Wie?"

„Ohne diese Teile trudelt das Boot ohne Steuerung, und daran könnt ihr nichts ändern, ihr könnt ihm keine Richtung mehr geben."
Da der Anker ohne die Kette über Bord geworfen worden war, akzeptierte der Erste Offizier wohl oder übel, dass man über Funk die Küstenwache rufen musste. Sturm und Regen waren noch schlimmer geworden. Mahmut und Emanuel brachten die Leute aus dem Lagerraum sicher an einen Ort auf dem Oberdeck, das vom Regen weniger in Mitleidenschaft gezogen wurde. Plötzlich hörten sie ein ohrenbetäubendes Krachen und ein Donnern. Sie versuchten zu verstehen, was das Geräusch zu bedeuten hatte. Neben Samira saß Şeydo, der Rahman auf dem Schoß hatte. Mahmut war gleich neben Hasibe, die Neyire in den Armen hielt.
Alle versuchten, sich an das Boot zu klammern, das mit lautem Knall zerbrach. Unter dem Druck der Wellen zerbarst das Boot, die Teile drifteten auseinander und sanken. Die Menschen stürzten wie überreife Maulbeeren ins Meer. Es war der Moment, an dem jeder Glauben endet und Gott nicht mehr helfen kann.
Was war das für eine Welt?
Es schien, als würden sie ins Bodenlose stürzen. Der Himmel schien ob der Tragödie aus vollem Halse wehzuklagen!
Mahmut kam zu sich und brachte Neyire und Hasibe auf ein gekentertes Rettungsboot. Ein Stück entfernt davon hatte Samira beim zweiten Tauchversuch Rahman aus dem Wasser ziehen können. Emanuel und seine Freundin versuchten, Samira zu helfen. Mahmut sah sich mit leeren Augen um. Şeydo war verschwunden. Er holte Luft und tauchte erneut hinab. Das Grau des Himmels spiegelte sich

im Meer wider, aber je tiefer er hinabtauchte, desto tiefer wurde das Blau vor seinen Augen. Als er das Dunkelblau erreicht hatte, hörte er den Klang einer Hirtenflöte. Der Atem ging ihm aus und Mahmut tauchte wieder an die Oberfläche.

Innere Reise

Die Hand am Auslöser, lag Mahmut in der Ferne auf der Lauer. Um die Waffen, die seine Organisation brauchte, zu beschaffen, hatte er seinen alten Freund Şeydo um Hilfe gebeten. Şeydo hatte ihm diesen Wunsch nicht abgeschlagen.
Mahmut war für die Sicherheit verantwortlich. Er war Scharfschütze. Jeder seiner Schüsse war ein Treffer. Er hielt ein halbautomatisches Scharfschützengewehr in Händen, auf das ein Nachtsichtgerät montiert war.
Mahmut befand sich hinter einem Baum. Mit dem Nachtsichtgerät beobachtete er die Umgebung, als er plötzlich auf der gelblich-grünen Linse in ein Augenpaar blickte. In dieser Sekunde war Mahmuts Finger wie gelähmt.
Şeydo und die anderen durchquerten gleichzeitig das Minenfeld. Als auf dem Hügel die Scheinwerfer der Flutbeleuchtung angingen, begann vom Miitärjeep aus sofort der Kugelhagel auf Şeydo und die anderen. Obwohl man Mahmut dort, wo er war, nicht sehen konnte, rannte er davon und wurde von der Explosion einer Mine zu Boden gerissen. Die Richtung der Scheinwerfer und des Flutlichts hatte sich jetzt geändert, sie entfernten sich. Unbewusst drehte Mahmut sich um und rannte in die Richtung, in der die Mine hochgegangen war. Er nahm Şeydo, dessen Bein abgerissen war, auf den Rücken und das abgetrennte Bein

in die Hand. Die anderen waren gleich beim ersten Beschuss getötet worden. Şeydo hatte ein niedergestrecktes Maultier als Deckung verwendet. Als die Waffengeräusche verebbt waren, war er unvorsichtig weggelaufen und auf eine Mine getreten...

* * *

Mahmut holte tief Luft und tauchte noch einmal ins Meer. Es war wieder leuchtend blau und wieder hörte er den Ton der Hirtenflöte.
Alles schien in Schwingung, als er sah, wie die Beinprothese in die Tiefe sank und Şeydo lächelnd mit ausgestreckten Armen nach oben schwamm. Mit übermenschlichen Kräften erreichte Mahmut Şeydo und packte ihn am Nacken. Während er ihn nach oben zog, sank Rahmans Hirtenflöte immer tiefer hinab. Als sie die Oberfläche erreichten, war die Flöte verstummt. Der Regen hatte aufgehört und das Meer spuckte Leichen aus. Über ihnen kreisten Hubschrauber, die Boote der Küstenwache hatten die Küste von Kalabrien erreicht.
Erst wurden Rettungsringe, dann Taue ins Meer geworfen. Nachdem die Überlebenden aus dem Wasser gefischt worden waren, kamen die Toten an die Reihe.
Samira hatte Rahman auf eine der Planken, die von dem geborstenen Schiff übrig waren, gebettet. Ihre ohrenbetäubenden Klagerufe zerrissen die Nacht:
„Stirb nicht, geh nicht, mein Sohn. Das kann ich nicht ertragen. Geh nicht, mein Sohn, du bist für mich das letzte Tor zum Leben..."

Mahmut durchlebte diese Momente erneut. Er brüllte es heraus und sah Tamara dabei in die Augen. Unendliches Leid, Tod und Morden hatten ihm nicht so viel Schmerz zufügen können wie der Tod dieser beiden Menschen: Şeydo und Rahman.
Seine Augen wurden feucht und er wandte den Blick von Tamara ab. Er schaute auf den Park, der gleich hinter ihnen lag. Mit müder und schwerer Stimme sagte er:
„Wenn ich rufe, dann ist da niemand, der mich hört. Wenn ich schweige, dann ersticke ich an meiner eigenen Stimme."
Ein Lindenblatt fiel langsam drehend vom Baum wie ein Sinnbild für die Menschen, die zu früh gestorben sind. Trotz des Kummers, der ihn erfüllte, fühlte er sich leicht wie eine Feder. Tamara bemerkte, dass sie vergessen hatte, sich Notizen zu machen. Aber es war ihr egal. Sie hatte sich jedes einzelne Wort eingeprägt. Plötzlich bemerkte sie, dass ihr die linke Hand weh tat: Sie hatte ihre Fäuste so fest geballt, dass sie sich mit den Fingernägeln das Fleisch aufgerissen hatte. Sie streckte sich und drückte Mahmuts Hand. Sie bat ihn, ein Foto von ihm machen zu dürfen, und versprach, dass sie es nie verwenden würde. Als sie auf den Auslöser drückte, blieb die Zeit stehen, als wollte sie nie zurückkehren.

In einem Moment, in dem sie sich wie inmitten des Nichts fühlte, zeigte Mahmut auf das Friedhofstor. Sie behielt die Kamera um den Hals und schaute in die Richtung, in die er zeigte. Sie konnte am Eingang nichts entdecken, dann ließ sie ihren Blick umherwandern.
Sie verstand, dass Mahmut nicht mehr bei ihr war. Er war wie in eine Leere gesunken. Als würde er nicht zu dieser Welt gehören, als hätte er eine lange Reise angetreten.

LOS TOD! WENN DU KOMMST, DANN JETZT…

Da bemerkte er den PFAU, der vom Friedhof her kam und sein prächtiges, buntes Rad geschlagen hatte, das so gar nicht in die Umgebung zu passen schien.
Trotz all der unschuldigen und verlorenen Seelen schien dieser Vogel ein Versprechen zu sein, dass das Leben weitergehen würde.
Mahmut weinte. Er schluchzte. Er weinte nicht wegen der Dutzenden Toten oder des Schmerzes.
Auch war es nicht Rahman, um den er weinte.
Es war auch nicht wegen Şeydo, den er erst zum Sterben ausgesetzt und dann wieder ins Leben zurückgeholt hatte.
Mahmut weinte nur um sich selber. Denn in seinen stillen, inneren Schreien hatte er aufgehört zu existieren. Seine Augen waren ausgetrocknet.
Nach einiger Zeit beruhigte er sich... Mit dem Sturm waren die Zweige gebrochen, aber er stand dennoch aufrecht.
Wie die Wurzeln eines Baumes mit jeder Faser den Boden fest greifend, umklammerte er den PFAU, den niemand sah, niemand sehen konnte. Leise flüsterte er ihm ins Ohr: „Kannst du mich zu Şeydo bringen?“

Zum ersten Mal breitete sich Ruhe auf seinem Gesicht aus und zeichnete sich auf seinen Lippen ein Lächeln ab. Tamara lehnte sich an den jungen Lindenbaum am Straßenrand. Sie stellte Mahmut im Sucher ihrer Kamera scharf. Dann drückte sie auf den Auslöser. In der Sekunde, in der sie diesen Moment unsterblich machte, murmelte Mahmut:
„Los, Tod! Wenn du kommst, dann jetzt. Das Leben wartet auf dich!"

Nachwort

Als ich mit der Übersetzung von "Rahmans Weidenflöte" begann, lebte ich seit fast zwei Jahrzehnten in Istanbul. Heute, da ich diese Zeilen schreibe, liegt mein Lebensmittelpunkt in Deutschland. Parallel zur Flucht von Rahman, Seydo, Mahmut und all den anderen bin ich also in ein Flugzeug gestiegen, um ein neues, sichereres Leben in Europa zu beginnen. So unterschiedlich die Umstände sind, unter denen meine literarischen Freunde - denn das sind sie in den Monaten, in denen ich ihre Geschicke ins Deutsche übersetzt habe, geworden - bleiben doch viele Berührungspunkte. Die Istanbuler Schauplätze, die Geräusche und auch die Gerüche haben jahrelang auch mein Leben bestimmt. Ich habe auch erlebt, wie sich in Istanbul Schicksalsgemeinschaften schmieden und ganz verschiedene Menschen, die sich anderenorts niemals begegnet wären, zusammenfinden. Davon erzählt "Rahmans Hirtenflöte", aber noch von vielem Mehr: Der Roman erweckt Menschen mit einer Vergangenheit, mit Hoffnungen, Familien und politischen Überzeugungen zum Leben. Menschen in ihrem gesamten Facettenreichtum eben. Aber anders als ich, die in ein Flugzeug gestiegen ist, um in ihrer alten Heimat ein neues Leben beginnen zu können, mussten diese Menschen durch die Hölle der illegalen

Flucht gehen. Dabei erleben sie nicht nur Unbeschreibliches, Unfassbares. Diejenigen, die die gefährliche Überfahrt überstehen, verlieren im Angesicht der Gesellschaften, in denen sie ankommen nicht nur Hab und Gut, auch ihre Individualität und ihre Geschichte. Aus Rahman, Seydo und Mahmut werden "Flüchtlinge".
Die Geschichte hinter den Menschen, die zu uns kommen, kann gar nicht oft genug erzählt werden - gerade in einer Zeit, in der ungeachtet des Leids, was diese Schutzsuchenden durchleiden mussten, zu oft ignoriert wird. Die Helden aus diesem Buch mögen zwar, wer weiß, nur in der Phantasie des Autoren leben. Aber wer weiß? Ein Teil ihrer Geschichte lebt vielleicht auch irgendwo hier unter uns.

Veronika HARTMANN